白蜜の契り

～蜜花転生～

CROSS NOVELS

西野 花

NOVEL:Hana Nishino

小山田あみ

ILLUST:Ami Oyamada

CROSS NOVELS

CONTENTS

CROSS NOVELS

CONTENTS

白蜜の契り
〜蜜花転生〜

Hana Nishino Presents

西野 花

ILLUST
小山田あみ

CROSS NOVELS

——なんでこんなことになったんだろう。

布留川佳那《ふるかわかな》は、呆然とした面持ちのまま、夜の街を歩いていた。今にも力が抜けて座り込んでしまいそうになる足を必死で叱咤して駅のほうへと歩いていく。月曜の夜の街は仕事帰りのサラリーマンやOL、学生の姿などで賑《にぎ》わっている。そんな中をふわふわと漂うように歩いている佳那の肩に、どん、と衝撃が走った。

「——あ、ごめんなさい！」

これから出勤なのだろうか。水商売風の華やかな出で立ちの女性にぶつかり、佳那はよろめいた。だがぶつかった女性は気にもとめずに歩いていく。

佳那は長めの前髪をかき上げ、小さく息をつく。誰しもが自分のことで精一杯なのだ。人のことなど、気にしている余裕もない。

（しっかりしないと）

けれどさすがに、自分の不運を少しは嘆いてもいいだろうか。

佳那が勤めている会社は、先週突然倒産した。大学卒業後に就職してから、まだ一年ほどしか経っていない。ある朝出勤したら、入り口に倒産したとの張り紙があった。よくある話だ。同僚が毒づいて、悔し紛れに玄関を蹴り飛ばしていたが、佳那はそんな気にもなれず、諦めて踵《きびす》を返した。昔からすぐに諦めてしまう。これも自分の悪い癖だろうか。しかし、倒産してしまったものは仕方がない。また新しい仕事を見つければいいだけだ。その時の佳那は、まだそんなふうに思っていた。

だが、その数日後、佳那はつきあっていた相手に振られてしまう。

佳那の交際相手は男性だった。佳那は性指向が同性というわけではなかったが、大学の時の先輩に強引に迫られ、絆《ほだ》されて関係を持ってしまったのがきっかけだった。相手の情熱的なところに惹《ひ》かれ、佳那自身もまた気持ちを寄せていった。セックスの相性はあまりよくなかったが、そんなことはどうでもいいと思っていた。求められるのは嬉しかったし、たとえ自身は快楽を得られなくとも、相手が満足すれば佳那もそれでよかった。

だが、終わりはある日突然訪れた。

「――お前の会社、倒産したんだって？」

「うん」

佳那のアパートに来た恋人、岡田《おかだ》は、セックスの後でおもむろにそう切り出す。彼を心配させてはならないと、佳那は笑みを浮かべた。

「けど大丈夫だよ。面接の予定も取れたし、多分すぐに――――」

「別れようぜ」

唐突に告げられ、佳那は一瞬、きょとんとする。岡田の言葉を理解するまでに、多少時間がかかってしまった。岡田はそんな佳那に対し、苛立《いらだ》ちを隠せないように続ける。

「わからねえ？　別れようぜって言ってんの」

「……どうして？」

「どうしてって」

彼は決まり悪そうに佳那から目を逸《そ》らして笑った。

「お互い、もう学生の時とは違うだろ？　新しい人間関係だってあるしさ」

「……誰か、他に好きな人でもできた？」

「いつまでも男のケツ追っかけていられねえだろって話」

それを聞いて、佳那は、岡田に女性の相手ができたのだと悟る。頭からつま先まで、すうっと冷たいものが走った。悲しいとは思わなかった。ただただ寂しい。

「そうか」

佳那は努《つと》めて平静に振る舞おうとした。彼は、もう自分には興味がないのだ。それなら、みっともなく取りすがってはいけない。

「わかった。今までありがとう」

「……お前さあ」

だが、佳那が懸命に岡田の決断に理解を示そうとしたのに、彼は何故か不機嫌そうな顔になる。

「いっつもそういう、物わかりの良さそうな顔してるけど、俺、お前のそういうところが無理だわ」

「……え」

「まあ、セックスもいまいちだったし、やっぱ俺ら相性悪かったのかね」

岡田はそう言って立ち上がった。そんな彼を、佳那は呆然とした顔で見つめていた。

（何か、間違った？）

佳那はこれまで、恋人である岡田の意に添おうと努力してきたつもりだった。彼が夜更《よふ》けに泥酔して転がり込んでくれば介抱し、疲れている時でも身体を求められれば相手をした。従順であることが、恋人を思いやること。そんなふうに思っていたのだ。しかし、岡田はそれが不満だったという。

「どういうことだ？」

「……別にいいだろ。俺らもう別れるんだし」

岡田は起き上がり、手早く衣服を身につけた。佳那も慌《あわ》てて上着を羽織るが、彼はそんな佳那に見向きもせず、玄関へと歩いていく。

「まあ、そこそこ楽しかったぜ。じゃあな」

「待っ……」

思わず追いかけようとした佳那の目の前で、玄関のドアが閉まった。岡田がアパートの階段を下りていくカンカンカン…という音が小さくなり、やがて完全に聞こえなくなる。

「――」

涙は出なかった。どうしようもない空虚な気持ちだけが、佳那の内側に広がっていく。

(今度もまた、駄目だった)

佳那は子供の頃に両親が離婚し、母親に引き取られて育った。佳那の父親は家事育児に非協力的で、母は一方的にストレスを募らせ、家の中は喧嘩が絶えなかった。両親が言い争いを始めると、佳那はこっそりと二階へ行き、毛布にくるまって怒声がやむのを待った。みんな仲良くして欲しい。佳那の願いはたったそれだけだったのに、とうとう叶うことのない思いだった。

佳那が小学校に上がる前に両親は別れ、母と二人の生活が始まったが、暮らしぶりは楽なものではなかった。離婚すれば自由になれると思っていた母だったが、父からの慰謝料はろくに振り込まれることはなく、生活はたちまち困窮する。仕事でいっぱいいっぱいの母に極力迷惑はかけまいと佳那もがんばったが、どうしても母の手を煩わせることはあり、そして当時の佳那はよく体調を崩す子供だった。熱を出す度に母が嫌そうな顔をするので、佳那は体調が悪い時でもそれを押して学校へ行ったことがある。だが体育の時間にとうとう倒れてしまい、よけいに母に迷惑をかけてしまうことになった。

佳那が中学生になった頃に、母に新しい恋人ができた。ようやっと頼れる先を見つけた母はその恋に溺《おぼ》れ、佳那のことを顧《かえり》みなくなる。

しかし、これまで必死にがんばってきた母が幸せになるチャンスだ。もう中学生ともなれば佳那も大抵のことは一人でできたので、母が帰ってこなくとも平気だった。家にあるあり合わせの食材で食事を作り、母が帰ってきた時に少しでも心地よく過ごせるよう、家の中を清掃して待っていた。

けれど、そんな佳那の態度も、母には当てつけとして映ってしまったらしい。

ある夜、一週間ぶりに帰ってきた母は、整頓され、掃除の行き届いた家の中を見て、露骨に顔を顰《しか》めた。

どうして母がそんな顔をするのか、佳那はまるでわからなかった。ただ自分のした行為が、彼女をひどく怒らせてしまったことだけは理解できる。震える声で佳那がごめんなさい、と呟《つぶや》くと、母ははっとしたような表情になった。ばつが悪そうに無言で自分の部屋に籠《こ》もってしまった母は、それから佳那と顔を合わせようとはしなかった。

(――――あの時みたいに、何か間違ってしまったのかなあ)

恋人にまで去られてしまって、佳那はつい以前のことを思い出してしまう。

きっと自分には、何か問題があるのだ。だから大事な人を怒らせる。けれど正しい答えがわからなくて、佳那は途方に暮れるのだった。

（今日の面接は、あまり手応《てごた》えがない感じだったな）

転職活動の成果は芳《かんば》しくなかった。そもそも時期が中途半端な上、佳那はまだ有利なスキルを身につけるほどのキャリアがない。新卒カードも失ってしまったとあっては、苦戦するのは目に見えていた。けれど、奨学金の支払いもある。

（とりあえず、アルバイトで凌《しの》ぐかな）

だがずるずるとアルバイトを続けていると、再び正社員で働くことが難しくなるような気がする。佳那は大きく息を吐き出した。考えなければいけないことが多すぎて、憂鬱《ゆううつ》になる。

しかし、しっかりしなくてはならない。自分は生きていかねばならないのだ。ここで、この世界で。

（でも、もしもどこか遠くに行ってしまえたら）

ふと、そんなことを思う時がある。佳那のことを誰も知らない世界。そんな場所に行けたのなら、今度こそ心機一転がんばれそうな気がする。

――そんなことできるはずがない。

離れた場所へ引っ越すにも、今の佳那にはその資金すらないのだ。転居先でまた仕事が見つからなかったら目も当てられない。夢物語は妄想だけにして、また仕事を探すべきだ。

そう思ってふと前方を見た佳那は、違和感に気づいた。

――猫？

舗道の脇を、茶色い猫がとことこと歩いている。野良猫だろうか。こんな人通りの多い場所に飼い主のいない猫が歩いているのは珍しい。妙に綺麗な毛並みをしていたので、迷い猫かもしれないと思った。

――危ないな。

車道にはひっきりなしに車が走っている。猫が轢《ひ》かれたりしないかと、佳那は気になって目が離せなかった。猫は向こう側へ渡りたいのか、足を止めて車道を眺めている。そしてとあるタイミングで、車道を横切るようにして歩き出した。

「――あ」

前方からトラックが走ってくるのが見える。それは猫の存在など気がつかないように、スピードを緩めることなく突っ込んできた。

「――危ない!!」

佳那の足が地面を蹴る。道路に転がり出て、両腕を伸ばし、その小さな生き物の身体を掬《すく》い上げた。

だが、トラックは思った以上のスピードでこちらに向かってくる。佳那は抱き上げた猫を、向こう側の舗道に放り投げた。妙にゆっくりと感じる時間の中で、佳那はトラックのほうを見た。その時にはもう、佳那の視界いっぱいに鉄の塊《かたまり》が広がっている。

(――ああ)

何を思う間もなかった。ただ、このトラックの運転手が、自分を轢いてしまったことにより責を負わされてしまうのが申し訳ないなと、ちらりと考えた。

真っ暗な穴の中に落ちていくような感覚が続いた。

(これが死ぬってことだろうか)

多分、自分はあそこで死んだのだろう。不思議と怖さはなかった。むしろ、穏やかな感覚と、そして少しの寂しさが佳那を包んでいる。死んだらどこへ行くのだろう。そう思うと、少し心細さはあった。もしも次に生まれ変われるとしたら、どんな人生を送るのだろうか。

落下する感覚がふいに緩やかになった。ややあって佳那は穴の底に辿《たど》り着いたように床の上に降りる。急に戻ってきた重力に慌てて両手をついて顔を上げた。

「……ここは……?」

そこは薄暗い公園のような場所だった。側には細い街灯が一本だけあり、佳那の姿を照らしている。

いったいどこだろう。そう思ってあたりを見回すと、目の前に小さい生き物の姿があった。

「あ」

それはさっき佳那が助けた猫だった。明るい茶色だと思っていた毛皮はよく見ると金色に近くて、街灯の光に照らされて静かに輝いている。

――助けられなかったのか。

ここが死の国だとしたら、ここにいる自分も猫も生きてはいないということになる。こんな小さな命すら自分は救えなかった。そう思うと、悲しい気持ちが胸に広がった。

けれどその思いは、次の瞬間に霧散《むさん》してしまう。

「――悪かったね」

突然猫が言葉を発した。人の言葉だ。佳那は息が止まりそうなほど驚いて、身体を仰《の》け反《ぞ》らせる。

「そんなに驚かなくてもいいだろう」

猫は尊大な口調で佳那を見上げた。呆気にとられていた佳那だったが、ここが死後の世界であるのなら、そんなこともあるかもしれない。気を取り直した佳那は、猫に話しかけた。

「ここはどこ？　俺は死んでしまったのか？」

「ここは『間の世界』だよ。すべての多次元世界の中間にあるんだ。そして、そう、君は残念ながら元いた世界での死を迎えてしまった。私を助けたばかりに。申し訳ないことをしたね」

「――……」

やはりそうか。佳那は脱力した。自分の肉体は、あの後トラックに撥《は》ねられてその生命活動を終えてしまったのだ。あまりにもあっさりと終わってしまった生に、なんだか拍子抜けする。

「……君も死んでしまったの？」

「私かい？」

猫は首を傾《かし》げた。

「私は死ぬことはない。私は、君達が神とか呼んでいるような者だ」

「……猫の神様？」

「私に決まった形はないよ。あの世界で、人間達が好ましいと思っている姿を借りただけだ。この姿は速く動けるから、気に入ってはいるがね」

だからトラックに轢かれることはなかった。そう聞いて、佳那はため息をついた。

「あの時たまたま、君には私の姿が見えた。そして君は私を助けようとした。そのためにこんなことになってしまい、私もいささか責任を感じているのだ」

「いえ……、いいんです」

力のない笑みが佳那の口元に浮かぶ。

「それほど惜しいようなものでもなかったので」

それでも、いざ世界から離されてしまうと、言いようのない孤独感が佳那を包む。これまで見ないようにしてきたものが、死んでしまったことによって心の外郭が剝《は》がれ、剝《む》き出しになってしまったようだ。もっと、誰かと触れ合いたかった。誰かを愛し、愛されてみたかった。そんな益体《やくたい》もない思いだ。

猫は――――猫の姿をした神は、そんな佳那を大きな目でじっと見つめる。やがてぴくぴくと耳を動かし、小さな前肢《まえあし》を上げた。するとブゥン、と小さな音がして、宙空にモニターのようなものが現れる。佳那は思わずそれを凝視した。透明なモニターには佳那が今まで見たことのない文字や、地図のようなものが映し出されている。猫は宙空にいくつもそれを出し、思案顔で見上げていた。

「――――あの、それは……？」

「いやなに、お詫《わ》びに、どこかにすぐ転生させてあげようと思ってね。本当はもっと手続きを踏んでもらうんだけれど、私の責任でもあるからね。特例だよ」

「ええ……？」

「ふむ……、似たような世界には空きがないな。他に適当なところとなると……、ああ、ここがあったか。いや、しかし……」

猫は佳那の戸惑いなどまるで気にした様子もなく、ぶつぶつと何かを呟いている。しかし、しばらくして、「まあ、いいか」と口にした。

「君なら大丈夫だろう。少し変わったところだが、私の直轄だし、きっとうまくいくよ」

「あの、いったい何が」

猫の前肢がくるりと円を描くと、すべてのモニターが消え、代わりに大きな楕円形の穴が開いた。その先はまるで空間が渦を巻いたように捻《ねじ》れている。

「この中に入るんだ」

「い、いきなりそんなことを言われても」

怖さを感じて、佳那は後ずさった。だが、猫がその長い尻尾を振ると、佳那の身体がひとりでにその開いた空間へと近づいていく。

「いいからいいから。その世界はきっと、君のためにあるようなものだよ」

「うわっ……！」

見えない手で背中を押されるように、佳那はその空間の中に押し込まれていった。身体がふわりと浮いて、さっきと同じように落ちていく。ただし、向かう先には無数の星空があった。

「じゃあ、幸せになって。がんばりなさい」

「ちょっ……、――――っ！」

静かに、ただ静かに落下していた先ほどとは違い、まるで動いている洗濯機の中に突っ込まれたように視界がぐるぐる回る。激しい混乱の中、佳那の意識は急速に遠くなっていった。

「――――っ！」

意識を失った時と同様、佳那は突然覚醒した。目を開けると、そこには見知らぬ光景が広がっている。

（……神殿？）

高い天井に、空間のところどころに配置されてある太く丸い柱。それは佳那が元いた世界で神殿と呼ばれている建物に酷似していた。では、ここは本当に、どこか別の世界なのだろうか。

そこまで考えた時、佳那は自分が台のようなものに横たわっていることに気がついた。背中の下は布張りになっていて柔らかい。上体を起こそうとすると、周りに何人もの人がいることに気がつく。それらは皆、西洋人のような容貌《ようぼう》をしていた。彼らは佳那を食い入るように見つめている。

「おお……、なんと」

「本当に現れた」

「儀式は成功だ」

彼らが口にした言語は、佳那がこれまで聞いたことのないものだったが、どういうわけなのか理解できた。

「これが『蜜花《みつか》』様か。違う世界からいらしたとか」

彼らは僧服のようなものを着ていて、神職者であると見て取れた。佳那がいる祭壇の周りには何本もの燭台《しょくだい》が立てられている。何かの儀式の最中だったと、彼らの一人が言っていた。ということは、佳那はここに喚ばれたというのだろうか。

あまりにもありえない出来事が多すぎて、佳那はこの状況をどう受け止めていいのかわからなかった。言葉が理解できるにも関わらず、彼らの問いかけにどのようにも答えることができない。自分はいったい、これからどうなってしまうのだろうか。

「――陛下好みの、美しい蜜花だ。さぞお喜びになられるだろう」

男の一人がそんな言葉を発した時、ふいに人垣が引き潮のように割れた。そこから現れた者の姿を見て、佳那は一瞬、息をするのを忘れた。

「来たか」

悠然《ゆうぜん》とした足取りで男が近づいてくる。佳那はその男から目を逸らすことができなかった。

(なんて美しい人だろう)

たった今自分が言われたばかりの言葉を、佳那はその男に思う。

美しいとはいっても、女性的というわけではない。むしろその反対だ。波打つ金髪が背に垂れ、まるで豪奢《ごうじゃ》な毛並みを持つ誇り高い獣《けもの》のようだった。彫りの深い端整な顔立ちはあくまで男らしく、特に印象的なその双眸《そうぼう》は少しだけ曇ったブルーグレーだ。ハリウッドの俳優でも、これほど目を引く男性はいなかった。

周りの神官達が恭《うやうや》しく頭を下げているのを見て、身分の高い男なのだろうと思った。そういえば、陛下と呼ばれていなかったか。

（ということは、王様……？）

そんなことをぐるぐると考えているうちに、男は佳那のいる祭壇のすぐ側までやってきた。彼は厚みのあるマントのようなものを羽織っていたが、その下の衣服の胸元は開いていた。ざっくばらんな質《たち》なのかもしれない。たくましい胸筋がちらりと目に入って、慌てて目線を逸らす。

「――――名前は？」

深みと張りのある声だった。その響きについ意識を奪われてしまい、答えることを忘れてしまう。すると彼は、微《かす》かに首を傾げてもう一度言った。

「俺はディラン。ディラン・ロス・グリフィンだ。お前の名を教えてくれないか」

佳那はようやっとはっとして、その質問に答える。

「佳那、です」

「カナ？」

男は――――、ディランは、佳那の名の響きを確認した。

「可愛い名前だ」

するり、と手で頬《ほほ》に触れられる。その熱さにびくりと肩が震えた。ディランは顔を覗《のぞ》き込んでくる。

「夜空の色の髪と瞳か。悪くない。月を手に入れた気分だ。――――その髪も伸ばすといい。きっと似合う」

ディランの指が、佳那の髪をさらりと撫《な》でていった。その瞬間、まるで神経が通ってでもいるように、じん、と髪が熱くなる。

「――――っ」

佳那は思わず息を呑《の》んだ。

「陛下、首尾良く行きましてございます」

「うむ。ご苦労だった」

脇に控えていた神官の言葉に、ディランは鷹揚《おうよう》に頷《うなず》いた。

「――――あ、あの！」

状況が一向にわからない佳那は、思わず割り込んで声を上げる。ディランが佳那を見つめた。

「すみません、ここはどこですか……？　これはどういう状況なのですか」

佳那にしてみれば、死んだと思った自分がいきなりわけのわからない世界に放り込まれ、しかもどうやら何かの儀式の最中で、喚び出されたことになっている。即座にこの状況を受け入れろと言われても、難しかった。

「ああ、そうだな」

ディランは話を中断されても気分を害した様子も見せず、佳那に穏やかな笑みを向ける。

「お前は俺の蜜花として召喚された」

「蜜花……？」

聞いたことのない言葉だった。

「蜜花とは力を与える存在だ。誰でも持てるというものではない。お前は貴重な存在なんだ。今から三十二年前、俺が生まれた時、星読みが今日この時、俺の蜜花が別の世界からやってくると予言した」

「――――」

佳那は瞠目《どうもく》した。あの『間の世界』で、佳那は猫の神によって適当に放り投げられたと思っていたが、実は昔から決まっていたことなのだろうか。

（――――いや）

そうとは限らない。今この時、彼の蜜花とやらが現れることが決まっていたのだとしても、それは佳那でなくともよかったのかもしれない。自分がたまたまあの時、猫神の側にいたというだけで。

「待ちわびたぞ。カナ。ようやっと相まみえることができた」

だが、目の前の男は、佳那が現れたことをひどく喜んでいるように見えた。これまで他人に尽くしても迷惑がられていた佳那にとって、それは初めてのことだった。

「ようございましたな。少し毛色は変わっておりますが、大変美しい蜜花です。きっと極上の蜜を陛下に捧げられましょう」

「ああ、可愛がることを誓おう」

「はい、では、口開けの儀式を――」

「よし」

ディランが頷く。この後もまた儀式があるのだろうか。佳那がそう思った時、ディランがいきなり押し倒してきた。

「――えっ」

ディランがマントを外し、更に自分の衣服の前を広げてくる。佳那の認識に間違いがなければ、これはどう見ても――。

「あっ！」

その時、佳那の両腕が神官達によって捕らえられ、祭壇の左右にそれぞれ括《くく》りつけられてしまった。いきなり拘束されて抵抗しようとしたが、ディランの大きな掌《てのひら》で口元を覆われる。彼は人差し指を自分の口に当て、しっ、と佳那を宥《なだ》めた。

「案ずるな。手荒なことはしない。ただ儀式の決まり事でな。許せよ」

「お召し物を切らせていただきますよ。王に素のままの肉体を捧げていただく」

――――えっ!?

手に刃物を持った神官達が、佳那の衣服を切り裂いていく。あまりの展開に、頭の中が混乱した。自分の身体に沿って刃物が動いていくという恐怖に、思わず強張ってしまう。そのナイフが身体から引かれた時はほっとしたが、同時に自分の姿に気づいて愕然《がくぜん》とした。佳那は、文字通り一糸まとわぬ姿になっていたのだ。

「なっ…、あっ！」

上から見下ろしてくるディランの視線から逃れようと身を捩る。だが両手を拘束されているのでどうにもならなかった。ディランは佳那の肉体をまじまじと凝視すると、色めいた笑みを浮かべた。腋《わき》から腰にかけて、そっと手を滑らせてくる。

「……っ」

「……美しい肉体だ。手触りはなめらかで、肌が内側から輝くようだ。そして……」

次の瞬間、佳那は羞恥《しゅうち》に消え入りそうになった。ディランが佳那の両脚を開き、その脚の間にあるものにそっと手を触れてきたのだ。

「……あ……っ」

「蜜を生み出すこの果実も、実に美味《うま》そうだ」

まさか、と佳那は思った。彼らが言う『蜜花』の蜜とは、つまり、この――。

「今からお前が俺の蜜花になるための、口開けの儀式を行う。これから一昼夜、お前はここをほぼ休みなく口淫される。前の世界での蜜をここで出し切るのだ」

言われた内容に、言葉が返せなかった。恥ずかしさに固まる佳那の額《ひたい》に、ディランが優しく口づける。

「ここを、誰かに吸われたことは?」

「あ、ありま、せん……」

佳那の元恋人は、奉仕してくれるような男ではなかった。佳那はいつも中途半端に身体を触られるだけで、快楽もろくに知らない。

「それはよかった。俺は嫉妬深い男だからな」

顔を近づけられ、うっすらと悪い笑みを浮かべられるのに、思わず鼓動が跳ね上がった。どうかしている。いくら美丈夫《びじょうぶ》とはいえ、会ったばかりの男に、こんな――。

「んんっ」

唇が塞《ふさ》がれた。ディランが口づけてきたのだ。肉厚の舌で歯列をノックするように突かれて、つい緩めてしまう。そこにすかさず攻め込まれ、奥で縮こまっていた舌に絡められた。

「ン、んぅ」

じゅる、と音がするほどに吸われて、全身がぞくぞくと総毛立った。口づけでこんなに感じたことは初めてだ。口内の粘膜を舐め上げられると、堪《こら》えきれなくて背中が浮いてしまう。心地よさに、目尻に涙が浮かんだ。思わず彼の舌に応えたくなってしまう。だが、駄目だ。そんなのは、いやらしい奴だと思われてしまう。

佳那はこの出会ったばかりの男に嫌われたくないと思っている自分に気がついた。こんな異常な状況で、ありえない世界で、自由を奪われてキスまでされているのに。

「…あ……っ」

小さな音を立てて唇が離れた時、佳那の唇から熱いため息が漏れる。ディランを見上げる瞳は甘く潤《うる》んでいた。

「こんなに興奮する口吸いは初めてだ、カナ」

目の前で自分の唇を舐めるディランは、まるで肉食の優美な獣のようだった。今から食われる予感に、身体の芯が震える。

「今から一昼夜、狂うほどの絶頂を与えてやろう」

そうしてわけもわからないままに始まった行為は、佳那をたちまち陥落させた。うなじを吸われ、ぞくぞくと背中を震わせながら、ディランの唇が徐々に降りていくのを感じさせられる。なだらかな胸の上にある突起を口に含まれて吸われ、勝手に声が出た。

「あ、うぅ…っ」

口づけの時から思っていたが、男の舌先は本当に巧《たく》みだった。刺激に硬くなる突起は何度も舌で弾かれ、乳暈《にゅううん》にねっとりと舌全体を這《は》わされる。

「…っく、んん…っ」

佳那はじわじわと広がっていく甘い痺《しび》れに身を捩った。肉体に火がつき、内側から炙《あぶ》られていくような感じがする。

「遠慮せずに、もっと声を出せ」

ディランの言葉に、佳那は首を振った。大勢の神官が祭壇を取り囲んで見守っている。愛撫されて反応する様を見られるのが恥ずかしくて仕方なかった。

「気にするな。神官達は、儀式の立会人だ」

「そ…んな、こと…っ、んふ、んんっ」

乳首を軽く噛まれ、鋭い刺激が体内に走る。自分はこんなに感じやすかったろうか。元恋人に触られても、こんな感覚を得たことはなかった。まるで自分の身体ではないみたいだ。

「可愛い奴だ」

くっくっと笑う気配が伝わってくる。この世界では、人前で行為を行うということは普通なのだろうか。

そうこうしているうちに、ディランの頭が下がってくる。臍《へそ》に舌先を入れられて腰を震わせると、太腿《ふともも》を摑《つか》まれ、両脚がぐっ、と持ち上げられた。

「あ！」

佳那は何も抗《あらが》えないままに、脚の間を曝《さら》け出されてしまう。これまでの刺激と興奮でそれは勃《た》ち上がっており、張り詰めてわなないていた。ディランはそれを軽く握った後、つつうっ、と指先で撫で上げてくる。

「ああ…っ！」

佳那は思わず喉《のど》を反らした。たったこれだけの指戯が、たまらない。

「感じやすいんだな」

違う。これまではこんなふうにはならなかった。悪戯《いたずら》するように裏筋をなぞる彼に、佳那は首を振ることしかできない。

「さあ、お前の蜜を俺にくれ」

「あ、あっあっ、あ――――…」

ぬるり、と熱い感触に包まれる。まるで生き物のような舌が佳那の屹立《きつりつ》に絡みついてきた。それは感じるところを擦《こす》り上げ、強く弱く吸い上げてくる。まるで身体の芯が引き抜かれそうな感覚に、今度こそ声が抑えられなくなった。

「ああっ、ふうっ、んくぅぅうっ」

快感が身体の底から込み上げてくる。神経が剝き出しになっているみたいだった。

「あ、だめ、あ、あっ」

「愛液が出てきたな……」

先端からあふれる蜜を舌先で舐め取るようにされて、両脚ががくがくと震える。先端の小さな蜜口を舌で穿《ほじく》られると、ひいぃ、というはしたない声が出た。刺激が強すぎて、身体も頭もついていけない。

「そ、こ、そこ、やっ、あっあっ!」

「ここが好きなのか?」

苛烈《かれつ》な反応を示した部分は、執拗《しつよう》に愛撫される。我慢しようとしてもできず、どうにもならなかった。そこがいいと、もっと舐めて欲しいと口にしてしまいそうになる。再び根元まで口に咥《くわ》えられてしまい、腰が熔《と》けてしまいそうになった。

「あ、あ――――う、ふ、あああっ」

時折強い快感が腰から脳髄に走り抜けて、佳那はその度に息が止まりそうになる。快感が大きすぎて、受け止めることもできない。やがて腰の奥から、また大きな波が込み上げてきた。呑み込まれそうで怖い。けれど、それよりも大きな快感があった。

「あっあっ、い、いく、あ、いくっ」

あられもない言葉で訴えると、出せ、と先端を舌で擦られる。そのままじゅううっ、と音を立てて吸われ、浮遊感が佳那を襲った。

「――――あ！」

これまで感じたことのない絶頂に攫《さら》われる。腰骨が灼《や》けつきそうだった。

「あぁあぁああ」

佳那はめいっぱい背を反らし、全身をがくがくとわななかせて達する。そしてディランの口の中に、白蜜を弾けさせた。

「あ――――あ、あ――――…」

とうとうイかされてしまった。吐精の後の無力感が佳那を包む。ディランは喉を上下させ、佳那が出したものを飲み下していた。

（――――本当に飲んでしまうなんて）

あんなもの、苦くてとても飲めたものではないだろう。佳那は元恋人に口での奉仕を強《し》いられ、まるで口を性器のように使われたことがあるが、その際に放たれたものを飲み込むのにはとても努力を要した。

「――確かにもらったぞ。お前の蜜、想像以上のものだった」

ディランが口元を拭いながら顔を上げ、息を乱している佳那に告げる。

「力が湧《わ》いてくる。お前は確かに俺の蜜花だ」

「……そ、そんなわけ……」

佳那はそれを否定しようとした。だが、次の瞬間、またしても股間に走った快感に仰け反って声を上げてしまう。ディランが再び顔を埋め、達したばかりの佳那のものに舌を這わせてきたからだ。

「くぅううんっ」

イったばかりのものを更に感じさせられるのは、つらい。それなのにディランはお構いなしに裏筋を舐め上げ、時に吸いついてしゃぶってくる。

「あ、あっ…、ひ、ぁ、あ…っ」

腰から下が、自分のものではないみたいだった。

「も、もう、もうだめ…っ」

「何を言っている。まだ始まったばかりだぞ」

ディランは一昼夜と言っていた。それでは、こんなことが、あと何時間も続くのか。

「む、むり…っ、無理、です、こんな…っ」

「大丈夫だ。お前は蜜花だからな。主人である俺の与える快楽には、どこまでも応えられる。そしてお前の蜜を飲んだ俺もだ」

ディランは佳那のものを舌で嬲《なぶ》りながら、その下の双果《そうか》を掌で包み込んできた。蜜を作るそれを、彼は愛おしげに弄《もてあそ》ぶ。

「は、あ、ああっ、さ、さわら、な…っ」

「ここが空になるまでイかせてやろう」

そうしてまたねっとりと舌を這わされ、佳那を仰け反らせる。すると、それまで周りで見ていただけの神官達の動きに変化があった。祭壇の横に置かれていた瓶を取り上げると、蓋《ふた》が取られ、中のものを佳那の胸の上に垂らす。

「……っ⁉」

ふわりと甘ったるい、濃密な花の香りがした。

「香油です」

とろとろととろみのあるそれが、複数の手で佳那の上半身に塗り広げられる。神官達の指はただ香油を塗ろうとしているのではない。佳那の上半身の感じやすいところ――――、乳首や、脇、腹などを撫で回してくるのだ。

「ん、あっあっ、なにっ……!」

「蜜花様に、より多くの快楽を与えるためです」

股間をディランに口淫されているだけでもたまらないのに、上半身まで弄《いじ》られては我慢などできるはずがない。

「ひぁああっ…、そんなっ…、ゆるし、てっ……!」

どうしてこんな、淫らすぎる目に遭うのかわからない。けれどそんな考えは、強すぎる快楽の前にはあっけなく崩れ去ってしまった。何しろほとんど全身の感じやすいところを一度に責められているのだ。佳那は幾度も仰け反り、身も世もなくよがった。

「あ、あぁ…んんっ、ああ…っ」

気持ちいい。悦《よ》くてたまらない。

佳那の思考は白く濁り、次第に与えられる快楽を追うことしか考えられなくなっていた。

(――――頭が、おかしくなってしまう)

佳那の脚はいつしかだらしなく開ききり、腰を突き出すようになっていた。股間のものは常に舐められ、吸われて、ずっと感じさせられている。

「は、あ…んっ…！」

神官の香油にまみれた指で乳首を摘まれ、くりくりと弄られて、上半身が跳ねた。胸の先が甘く痺れている。刺激されているのは胸なのに、快感が腰の奥に直結した。こんなことも、佳那はこれまで知らなかったのだ。くぼんだ腋下にも神官の指が這わされ、くすぐったさと快感が同時に押し寄せてきた。

「ああ……！　あうう、あ――――…っ！」

びくんびくん、と腰を震わせ、またしても絶頂に達した佳那は、ディランの口の中に再び吐き出す。出ている時にきつく吸われてしまい、ひぃっ、と泣きながら、下半身を痙攣《けいれん》させた。

「あ、もう、っ、んっ、～～～っ！」

だが、佳那に休みはない。出したばかりのものをまた舌先で辿られ、啜《すす》り泣きながら仰け反る。

佳那の長い夜は、まだ始まったばかりだった。


「……っ、ひっ、ぁ…っ、あ、あ、あ……っ」

あれからどれくらい経ったろうか。佳那にはもう、時間の概念がなくなっている。

柱の隙間《すきま》から差し込んできた光で夜が明けたことはわかったが、佳那自身、何度か意識が途切れたため、それも曖昧《あいまい》になってしまっている。

ディランはひたすら佳那のものを口淫していた。それは呆れるほどの熱心さで、疲労など感じないのだろうかと思う。佳那のほうはもうくたくただ。数えきれないほどにイかされ、射精させられて、誇張なしに死にそうだ。

「ゃ…、も、もう、あっ、もう、舐め…ないでぇ……っ」

「まだ出るだろう？　あふれてきてるぞ」

そんな馬鹿な、と思う。

数えていたわけではないが、佳那はディランによって、もう何度も射精させられている。とっくに打ち止めになっていてもおかしくはないはずだ。それなのに佳那の双果は、潤沢《じゅんたく》な蜜を湛《たた》え、後から後から白蜜を噴き上げている。

「お、おかしい……っ、こんなの…っ」

「おかしくはないさ。お前は蜜花なんだからな」

佳那の肉体は、以前の世界にいた時とは変わってしまったのだろうか。そうとしか思えない。

惑乱が意識を侵して、佳那は腰を誘うように揺らした。するとディランの指が、佳那の双丘を押し開いてくる。ディランは佳那のものをしゃぶりながら、その指で奥の肉環をこじ開けてきた。

「ああ――――…、うう……っ」

身体に加えられる新たな刺激に、佳那は恍惚《こうこつ》となって喘《あえ》ぐ。ずっと与えられていた快楽によって蕩けていたその部分は、ディランの指を嬉しそうに迎え入れた。うねる肉洞を擦られ、かき回されて、我慢できないほど感じてしまう。

「くう…う…っ、あっあっ！」

ここは、こんなにも悦くなる場所だったろうか。佳那は元恋人に抱かれて後ろでイったことがなかった。指だけでこんなに快楽を得てしまうのが信じられない。

「……奥のほうから潤《うるお》ってきたぞ。いよいよ蜜花の身体になってきたな」

「っ、あっ、う…嘘っ」

男の肉体が自分から濡れるはずがない。だが、ディランが佳那の奥で指を動かす毎《ごと》に、くちゅくちゅと卑猥《ひわい》な音が響いてきた。あまりのことに恥ずかしさで顔が火を噴きそうになる。なのに、それすらも興奮に変わっていった。

「では、俺の精をここに呑み込んでもらうぞ」

力の入らない両脚を抱え上げられ、ディランのものが奥に押し当てられる。

「あぁっ…」

熱くて猛々しい凶器の先端を入り口に感じ、佳那は短く喘いだ。とうとう挿《い》れられてしまう。

そしてそうなれば確実にこの男のものになってしまうという予感があった。だが、それが嫌ではない。もうどうにでもして欲しい。

ぬぐ、と肉環がこじ開けられ、長大なものが侵入してきた。

「あ、う、くぁぁああ…っ」

これまで感じたことのない悦楽が湧き上がってくる。まずは入り口から。そしてもっと奥のほうから。ディランのものは、その存在をじっくりと味わわせるように佳那の肉洞を進んでいく。

「……熱くて柔らかく、そして狭い肉だ。カナ、素晴らしい……」

感に堪えないといったため息を吐きながら、ディランが佳那を褒《ほ》め称《たた》えた。これまで元恋人には無言で突き上げられていた経験しかないので、そんなことを言われたらどうしていいのかわからない。下腹がきゅうきゅうと疼《うず》いて、必死で彼のものを咥え込もうと蠢《うごめ》いた。

「あんっ…、はあ、ア、あぁぁあぁ…っ」

それがすべて佳那の中に入ってしまった時、充足感に涙が零《こぼ》れる。こんな異常な状態で抱かれているというのに、少しも嫌ではない。まるで、こうなることが最初から決められてでもいたようだった。

ディランは佳那の中に収まってしまうと、一度、ふう、と大きな息をつく。それから様子を窺《うかが》うように、軽く中を突き上げてきた。

「あ、んああっ」

じん、とした快感が体内を舐め上げてきて、佳那は思わず声を上げる。媚肉《びにく》がひくひくと蠢き、ディランのものを切なく締めつけた。

「いい子だ」

大きな手で頭を撫でられる。その仕草がこんなにも嬉しいだなんて。周りの神官達の姿はいつの間にか消えていた。

「俺がお前の中に射精した時、カナは本当に俺の蜜花となる」

「う、うぅっ」

ずずっ、と音を立ててディランが動くと、脳天まで突き抜けるような快感に貫かれる。そして快楽に惚けた思考では、佳那は彼の言葉をすべて理解することはできなかった。

「毎日可愛がってやる。極上の蜜花に育て上げてやろう」

奥から入り口近くまで腰を退かれ、またずぶずぶと男根を沈められる。ずん、と最奥を突かれ、強烈な快感に声も出せずに喉を反らした。

「……ひ、ぁ……っ」

粘膜を擦られるのが、気持ちよくてたまらない。自分でも知らなかった場所を探り当てられ、そこを男根の先端でぐりぐりと穿られると、腹の中が熔けそうな愉悦が襲ってくる。

「はあ、あぁあ…っ、あ、い、いい…ぁ…っ、そ、そんなに…され、たらっ…」

佳那は身体中を上気させ、涕泣《ていきゅう》しながら訴えた。腰から背中にかけてひっきりなしにぞくぞくとした快感の波が走る。ディランが腰を打ちつける毎に、じゅぷ、じゅぷ、と、卑猥な音が響いた。

「腰が動いているぞ。……気持ちがいいのか、カナ」

「あっあっきもちいっ…、は、恥ずかしい…っ」

自分がこんな淫らな質だとは知らなかった。無意識にいやらしく振る舞ってしまうことを恥じていると、ディランが優しく囁《ささや》いてくる。

「いくらでも淫らになるといい。俺はそのほうが嬉しい」

「あうぅ…っ」

初めて会った男に抱かれているというのに、佳那の肉体はそうとは思えないほどに男に馴染んだ。浅く深く突き入れられる度に、肉洞が悦《よろこ》んで震える。下腹の奥底から、我慢ならない官能の波がせり上がってきた。

「あっ、あっ、んあぁあっ…、ふあぁっ!」

ディランの長大なものに絡みついた内壁が痙攣する。限界がもう、すぐそこまで来ていた。

「あっくうぅっ…、っ、ああっ、も、もう、もうっ…!」

「構わないぞ。好きなだけイくといい。…俺もそろそろだ」

ディランが息を乱しながら囁いてくる。身体の奥が切なくて、佳那は背を反らした。次の瞬間、最奥をどちゅん、と突かれ、体内で快感が爆発する。

「――ふぁあっ！」

「う…っ、出す、ぞ…っ！」

強く締めつけられたディランが、佳那の中に迸《ほとばし》りを叩《たた》きつけた。

「！　あぁぁああっ、～～～っ！」

強烈すぎる快感に呑み込まれた佳那は、全身で絶頂を極める。ディランの精が体内を満たした時、身体中が甘い痺れに浸された。息も止まるような悦楽がやむことなく続き、佳那はディランを体内に収めたまま喘ぐ。

「ひぁ、あ、ア、なに、これ…っ」

「……たまらないだろう。俺の精を受け入れ、お前が蜜花になったということだ」

ディランはまだ射精が終わらないのか、夥《おびただ》しい精を佳那の中に注ぎ続けた。それは肉洞からあふれ、彼が緩やかに動くと、ちゅぷ、くちゅ、と音をさせる。その精はまるで媚薬のようで、濡らされた媚肉が感じてひくひくと悶《もだ》えた。

「ひ、くうぅ、くう――…っ」

収縮する肉洞が堪えられず、佳那はまた達してしまう。イったはずなのに、快楽がまったく退

いてくれなかった。

「んぁあっ、いっ、イってる、のにっ、どうしてっ」

「初めて雄の性を受けた蜜花は皆そうなる。『雄蜂《おすばち》』の精が何よりの悦びとなって、終わらない極みを迎えるのだ。そら、こうすると…」

ディランは佳那の腰を掴み、中で小刻みに動いた。じゅぷじゅぷと音を立てながら、媚肉が擦られる。

「んうぁぁあぁぁっ、あっ、あ～～～…っ」

佳那はまた容赦のない絶頂に襲われた。下腹から広がるじゅわじゅわとした快楽が、指先までも犯す。まるで甘い毒のようだ。

「どうだ、どんな感じがする?」

「あぁ…っ、こんな、の…っ、い、イくの、止まらな…っ」

「……俺もだ。お前の中は、俺を搾《しぼ》り尽くす…っ」

ディランの腰の動きが、また次第に速くなる。佳那は喉を反らしたまま、泣きながら何度も極めた。腰の痙攣が止められない。

「————し、し、ぬぅ…っ」

「死なない。むしろ、その逆だ」

蜜花と雄蜂は、まぐわうことによって互いに高め合うのだ、と彼は言った。だが、息の根が止まりそうなほどの快感を味わわされるのは変わらない。

「あ――……っ、ま、またぁ…っ」

下腹がびくびくと波打つ。訪れたばかりの世界で、突然出会った美丈夫に抱かれて変になるほどの快楽に翻弄《ほんろう》されながら、佳那は混乱の中で身悶え、何度も達するのだった。

佳那は灰色の世界のただ中にいた。そこには母親や、もう記憶があまり鮮明でない父、そして顔すらわからない母の恋人や、周りを取り囲むだけのクラスメイトがいる。

だが、彼らはただそこにいただけだった。誰も佳那のことを見ない。少しでも見て欲しいと思ってした行動は、大抵が彼らの怒りを買った。初めて佳那を抱いた元恋人ですらも。

彼らの姿が、遠く離れていく。二度と手の届かないところへと。

いや、離れていったのは自分なのだ。

あの世界はもう、佳那のことを必要としない。最初から必要とされなかった。

じゃあ、自分はどこへ行けばいいのだろう。

そう思った時、どこか遠くで猫の鳴き声が聞こえたような気がした。

瞼《まぶた》の上に柔らかな光が降り注いで、佳那はゆっくりと目を開ける。

そこは見知らぬ部屋だった。

「――おはようございます、カナ様」

佳那は広い部屋の広いベッドに寝ていた。どこか、豪華なホテルの一室みたいな部屋だった。調度は全体的に青でまとめられており、ところどころにアクセントのように金色が施されている。壁紙の色は薄い水色で、カーテンは重たげな紺色だった。そのカーテンを、見たことのない少年が開けてこちらに笑いかけている。年の頃は十五、六くらいだろうか。明るい茶色の髪と、利発そうな顔立ちをしていた。

「お役目、ご苦労様でした。どこか痛むところはございませんか？」

「……え、ええと…？」

一瞬状況が把握できなくて、佳那は軽く混乱する。これは夢の続きだろうか。

少年はそんな佳那を怪訝《けげん》そうに見つめると、軽く首を傾げる。

「儀式のほうは滞りなくお済みになったとディラン様からうかがっておりますが……」

その名前を聞いて、佳那の頭にそれまでの出来事が一気に甦《よみがえ》った。自分は猫を庇《かば》って、事故に遭っておそらく死んだこと。そしてその猫が神様で、佳那をこの世界に送り込んだこと。そして送り込まれたこの世界で、佳那は蜜花と呼ばれ、ディランという男に抱かれたこと――。

「夢じゃないのか、これは」

「は？」

「教えてくれ。ここはどういう世界なんだ」

起き上がった佳那が少年に詰め寄ると、彼は驚いたように目を丸くした。

「――――やはり、別の世界からいらしたというのは本当なのですね」

少年の声には、感心するような響きがあった。

「ここはコードウェルという国です。アリアゼル大陸の東に位置し、三方を海に囲まれた大国であり、王はディラン・ロス・グリフィン陛下。智将にして勇猛果敢《ゆうもうかかん》な将軍王です」

ディランの名前が出た。やはり、彼はこの国の王であったらしい。佳那は彼の、上に立つ者特有の空気を思い出す。

「ディラン様は立派な君主であらせられます」

少年の口調はどこか誇らしげだった。佳那を抱いた男は、尊敬される王なのだろう。

「ああ、申し遅れました。私はリゲルと申します。蜜花様のお世話を仰《おお》せつかりました。どうぞよろしくお願いいたします」

「蜜花」

あの時も、聞いた言葉だった。

「蜜花とは、特別な存在なのか」

「もちろん、ディラン様の蜜花ともなれば、特別ですとも！」

力強く肯定するリゲルに、佳那はいたたまれなさそうに肩を竦《すく》める。

「ええと――――、それは、いつもああいうことをするのか……？」

儀式と称し、佳那に行われた数々の淫らな行為は、佳那にとってあまりにも強烈な体験だった。

「それは、」

「――――カナは目覚めたか？」

その時、張りのある声と共に部屋の扉が開いて、長身の美丈夫が足早に入ってくる。リゲルは居住まいを正し、一礼してその場から一歩退いた。

「先ほどお目覚めになりました」

「そうか――――、カナ、顔色も良さそうだな。どこか痛むところはないか？」

彼はリゲルと同じことを聞いてくる。ベッドの縁に腰を下ろし、佳那の白い頬に触れてきた。

そのぬくもりがふいにあの時の行為を思い出し、どきりと心臓が跳ね上がる。彼は佳那の頬から額へと手を滑らせた。

「熱もないようだな。――――一昼夜の儀式によく耐えた。えらいぞ。お前があまりにも可愛かったものだから、俺もつい本気になって抱いてしまった」

側にリゲルが控えているというのに、ディランはまったく気にした様子もなく佳那に触れ、直《ちょく》截《さい》なことを言ってくる。佳那は恥ずかしさに俯《うつむ》いた。長めの前髪が目にかかる。リゲルもまた、主人の言動には一切反応を示さなかった。目線は前に固定され、まるで家具の一部にでもなったように佇《たたず》んでいる。

「我が花は恥ずかしがりと見える」

ディランが笑いながら言った。佳那は思い切って顔を上げ、彼に問いかける。

「あ、あの」

「うん？」

「さっき、ここがどういう国なのか、教えてもらったんです。あなたがどういう人なのかも。でも俺は、どうしたらいいのかわからなくて……。俺は、ここはまったく違う世界で生きてきました。向こうの俺は、多分死んだのだと思います。けれど、突然ここで生きろと言われても、まだ気持ちの整理が」

佳那の必死の声を、ディランは真顔で聞いていた。

「右も左も、わからないことだらけです。俺はここではどういう立場なのか、まず教えてください」

王である彼に、こんなことを告げるのは不敬にあたるのだろうか。けれど彼は、怒りはしないだろうと思った。それでも佳那の背に緊張が走る。誰かに対してこんなにはっきりと意思表示をしたのは、おそらく初めてだ。そんな自分に、佳那は驚く。

「なるほど」

ディランは頷き、佳那の頭を撫でた。

「お前の言うことはもっともだ。さぞ心細かっただろう。俺だけ急《せ》いたようで、悪かったな」

「い、いいえ」

佳那が首を振ると、リゲルが「ディラン様」と声をかけた。

「私は隣室にて控えております。蜜吸いが終わりましたら、カナ様の湯浴みとお召し替えを行いますのでお呼びください」

「ああ、わかった」

リゲルは一礼し、静かに部屋の扉を開けて出ていく。ディランが佳那に向き直った。

「――俺はずっとお前のことを待っていた。それは覚えているな？」

「はい。俺が、蜜花というものだということも」

「そうだ」

彼は頷く。

「蜜花は、誰もが持てるものじゃない。蜜花の数が少ないからだ。王族や家臣の中には、自分の蜜花を持つ者もいるが」

蜜花というのは特殊な体質を持つ者で、たいがいが美しい容姿を持っている。その身体の中で雄蜂に与える蜜を作り、それを口淫によって与えるのだ。

「雄蜂というのは？」

「蜜花の蜜を与えられる者だ。雄蜂以外の者が蜜を吸っても、何も変化は起きない」

雄蜂と蜜花は対になるものだ。雄蜂が蜜を吸えば、それは力となる。活力が湧き、それまで以上に能力が向上する。そして逆に、蜜花は後孔から雄蜂の精を注がれ、より快楽を得やすくなる。

その蜜は、蜜花が快感を得れば得るほどに甘美に、そして力を高めやすくなるとディランは言った。

「だが俺は力などどうでもいい。そんなものに頼らなくともやっていける」

彼がそう言った時、佳那の胸がちくりと痛んだ。まるでお前は必要ないと言われたように思ってしまったのだ。

(まただ。そんなことを思ったら、また疎《うと》んじられてしまう)

佳那の自制も知らぬままに、ディランは続ける。

「俺の蜜花は、違う世界からやってくる。そう告げられた。その時からずっと考えていたんだ。俺の花は、今頃どこで何をしているのだろう、俺のことを知らないまま、笑ったり、泣いたりしているのだろうか、とな。ところがお前はなかなかやってこない。おかげで俺は、この年になるまで一度も蜜花を持たなかった。待ちわびたぞ」

「──────」

待っていた、と彼は言った。佳那を待っていたと。

「お前はどうだ？」

ディランは逆に佳那に問うてきた。

「お前は、前の世界で死んでここに生まれ変わったと言う。いきなり俺のような男に抱かれて、どう思った？」

「ど──────、どう、って」

佳那は返答に窮する。目の前の男は、佳那がこれまで見たことがないくらいにいい男だった。そんな男が、自分を待っていたと言う。だが、それを素直に口にしていいものかどうか、ためらいがあった。何故なら彼は、佳那の人となりを見て気に入ってくれたわけではないからだ。もしもこの先、佳那の何かがディランを失望させたら。

そうなったら、また嫌われてしまうかもしれない。

「──────まあいい」

ディランはあっさりとそう言う。

「お前が俺に対する評価を決めかねていたとしても、これから惚れさせればいいだけだ」

彼には圧倒的な自信があるようだった。ディランはこれまで、欲しいものは手に入れてきたのだろう。きっと彼は努力を惜しまず、そして傲慢《ごうまん》にならず、誰からも愛される王なのだ。

これまでの印象から、佳那はそう思った。

「では、お前の蜜を吸うぞ」

「……えっ？」

突然そう言われて、佳那は面食らう。そういえば先ほどリゲルが、蜜吸いの後、と言っていた。

そしてディランの手が上掛けを取り去り、佳那の両脚を開いてくる。

「ま、待って、ください、何を……」

「うん？　儀式の時に何度もやっただろう。俺に舐められて蜜を出すんだ」

まるで当然のように言われて、佳那は羞恥に固まった。ディランはそんな佳那に優しく口づける。すると、佳那の身体から砂が流れるように力が抜けていった。

「自分の花の蜜を吸ってしまった雄蜂は、その味の虜《とりこ》になる。俺もそうだ」

おかしそうに耳元で囁かれて、顔が熱くなる。ディランはそんな佳那の太腿に手をかけると、さっきよりも大きく開いてきた。

「あ……」

彼の頭が股間に下がっていく。その間にある屹立を握られて、佳那の腰がぴくん、と動いた。

あの時の快感を、身体が覚えている。佳那は肩をぶるりと震わせ、熱い息を吐いた。すると、ディランの口に含まれて、熱く濡れた舌に包み込まれる。

「ああ…あ……っ」

腰骨がじいん、と痺れた。佳那のものはディランの肉厚の舌にねっとりと絡みつかれ、全体を強く弱く吸われる。一瞬で快感に抗えなくなり、佳那は自分の上体を支えるためについた両手でシーツを握りしめた。

「気持ちいいか？」

「……っ、は…い…っ、あっ、ああっ」

裏筋をそりそりと舐め上げられ、腰が浮きそうになる。快感のあまり、じわりと涙が浮かんだ。あの時よりも感じやすくなっている。このままどんどん、もっと淫らになっていくのだろうか。自分の身体の変化に、佳那は恐ろしささえ覚えた。

「あんんっ」

じゅう、と音を立てて吸われると、腰が抜けそうになる。

「そこ…っ、吸った…らっ」

「これが好きなんだろう？　さっきから腰がずっと痙攣してるぞ」

「ふあ、あ、ぁうう…っ」

儀式の時で、ディランは佳那の弱い場所、弱い愛撫を、把握してしまったらしかった。容赦なく虐められて、頭が真っ白になっていく。

「あ、あぁぁあ…っ、も、出ます…っ、イく…っ」

佳那が耐えきれずに哀願すると、ディランは更に淫らにねぶってきた。佳那は仰け反った背中をびくびくと震わせ、彼の口の中に白蜜を吐き出す。

「あはあぁぁあ」

あれだけ出したにも関わらず、佳那はびゅくびゅくと吐精した。他人の口の中に射精するなんて、なんだか罪悪感がある。それなのにディランは、待っていたようにそれを飲み下す。

「――――…あ、ぁ…っ」

絡みつくような余韻に、佳那ははあはあと胸を喘がせながら息を整えようとした。だが、ディランの舌が後始末をするようにあちこちに触れ回るので、なかなかうまくいかない。

「――今日も極上の蜜だった。昨日よりも甘くなったな」

それは、佳那が蜜花として成長しているということだ。嬉しいような恥ずかしいような複雑な気持ちになる。

「リゲル」

「はい」

ディランが立ち上がってリゲルを呼ぶと、彼はすぐに部屋に入ってきた。絶対に声を聞かれた

に違いないと、佳那は身の竦む思いだった。だがリゲルはそんなことは意にも介さないという態度だった。

「カナに湯浴みと着替えを頼む」

「かしこまりました」

慇懃《いんぎん》に頭を下げるリゲルの前で、ディランは佳那の額に口づける。

「また後で」

思いやりの籠もったキスに、佳那は何か言葉を返そうとしたが、何も言えなかった。ディランは背を向けて、来た時と同様に足早に部屋を出ていく。

「ではカナ様、まずはお身体を洗いましょう」

浴室は部屋に続いていた。脱衣所のような部屋のまた隣に、猫脚のついたバスタブがある。そして青銅でできた大きな取っ手があり、リゲルがそれを両手で引くと、清潔な湯が勢いよく出てきた。温かい湯に浸かった佳那は、心地よさにため息をつく。

「洗いましょうか？」

昨日からずっとセックスをしていたようなものなので、身体を洗えるのはありがたかった。

「自分でできる」

「遠慮なさらずとも。私はカナ様のお世話が仕事ですから」

「いや、本当に大丈夫だから…、自分で洗いたいんだ！」

いくらなんでも、自分よりも年下の子に身体を洗わせるなどできるわけがない。佳那があくまで固辞すると、リゲルはわかりました、と言って出ていった。

「…ふう」

佳那は浴槽に沈み、鼻の下まで湯に浸かりながら身体の力を抜く。ここに来てからめまぐるしく出来事が起こるばかりで、心の安まる暇がない。こんなことで、やっていけるのだろうか。ここで、この世界で。

――難しいよ。

今度はうまくなんて、そんな欲深いことを考えている。佳那自身が変わらなければ、同じ結果になるというのに。

――でも、あの人の側にいられるのなら。

また浅ましいことを思っている自分に気がついて、佳那はざぶん、と湯の中に潜った。

「――こ、これは…？」

「とてもよくお似合いです」

風呂から上がった佳那の前に、着替えを手にしたリゲルが待ち構えていた。着替えも自分でできる、と世話を断ろうとした佳那だったが、彼が用意していたのはこちらの服で、着方がよくわからない。仕方なく手を借りて着替えたのはいいが、その衣装にはやや問題があった。

上半身の衣服には問題がないが、看過できないのは下半身の衣服だ。

一見すると、東南アジアの男性が身につけているサロンと呼ばれる腰巻きに似ている。だがこちらは片方がばっくりと割れて、歩くと素足が見えてしまいそうだった。更に言うと、下着がものすごく卑猥だ。腰の横で紐を結ぶようになっていて、これでは簡単に解けてしまう。

「悪いんだけど、これとは違う服はないの？」

恐る恐る言った佳那に、リゲルはあっさりと答えた。

「蜜花様には、そちらのお召し物を着ていただくようになっております」

相手のいる蜜花はこういった形の装束を身につけることになっている。雄蜂が蜜を所望した場合、すみやかに与えられるようにだ。

（……もしかして、とんでもないところに来たんじゃ……）

佳那は今更ながらに、己のこの先を憂《うれ》うのだった。

どういう原理が働いているのかわからないが、佳那はこの世界の文字を読むことができた。

そういえば、言葉のほうも最初から理解できた。彼らが話している言葉は日本語には聞こえないが、佳那はまるで生まれた時からその言葉を話していたかのように、少しも違和感がなく使うことができた。

だが、だいたい蜜花や雄蜂などという妙なシステムのある世界だ。これくらいは、どうということはないのかもしれない。そう思って、佳那は苦笑する。

(ずいぶん図太くなってしまったものだ)

最初はどうなることかと思ったが、一週間も経つ頃には、佳那はこの世界に順応し始めていた。

ディランは毎日のように佳那の元を訪れ、佳那に口淫し、蜜を吸っていく。そして夜はその猛々しいもので貫かれ、身体中で絶頂を味わわされていた。彼に抱かれていると、この世界に一人だけだという心細さが押し流されるような気がする。

「――――」

佳那の唇から、熱いため息が零れた。窓辺に座る脚から衣服が滑り落ちて、片脚が露《あら》わになる。

この扇情的な衣装も、ある程度は気にならなくなった。

もっとも、佳那は与えられた部屋からほとんど出ることはなく、ディランとリゲル以外の人目がないからではあるが。

佳那が今手にしているのは、コードウェルの歴史書だ。自分が今いる世界のことを知っておきたいと言ったら、ディランが持ってきてくれた。彼は佳那がコードウェルのことに興味を持ったのを、嬉しく思っているらしい。

だが、その分厚い本を読むのには難儀した。言葉はわかるといっても、出てくる単語がほとんど聞き覚えのないものなので、理解するのに骨が折れる。それでも、この国のことが少しずつわかってきた。

コードウェルはおよそ二千年前に興《おこ》された国で、鉱山や肥沃《ひよく》な大地があり、また大きな港を有しているため、非常に富んだ国だということだった。

ディランのグリフィン王朝の統治は八百五十年。歴代の王朝の中でも最も長い。グリフィン王朝の祖は武人で、歴代の王もやはり武力に長けた者が多い。そういえば、ディランもまた、武人らしい堂々たる体躯をしていた。その肌の熱さと抱きしめられた時の強さを思い出してしまい、佳那はつい落ち着かなくなる。

集中が途切れてしまったので、ふう、とため息をついて本を閉じた。そのタイミングを見計らったように、部屋の扉がノックされ、ディランが姿を現す。

「カナ」

振り向くと、彼がそこに立っていた。ディランは佳那の元にまめに訪ねてきてくれる。別の世界から来た佳那を気遣い、こちらの世界のことを折りに触れ教えてくれていた。

「機嫌はどうだ」

「いいです」

なんとも妙な挨拶だけれど、こうしてこちらの状態を気にしてくれているというのは、少し慣れないが悪い気はしなかった。ディランは佳那が手にしている本を目に留める。

「先日渡した歴史書か」

「はい、こちらのことを、少しでも勉強したいと思って……」

佳那がそう言うと、ディランは穏やかに笑った。

「こちらの世界に興味を持ってもらえるのは嬉しいな」

その優しげな表情に、佳那の鼓動がほんの少し速くなる。彼とは出会っていきなりあんなことになってしまい、今も相当な行為を毎日のようにしているわけだが、普段の彼は武人然としているにも関わらず、理知的で鷹揚だった。佳那のことも大事に扱ってくれて、決して軽んじたりはしない。おそらく、これまでの人生の中でも、最も尊重されているだろう。

「どうかしたか？」

「いえ」

ついじっと見つめてしまい、訊《たず》ねられて慌てて目を逸らす。佳那は自分自身がこの異世界の男に惹かれ始めているのを自覚し、戸惑っていた。

右も左もわからない世界で、優しく接してくれるから。いきなり強烈な体験を与えられ、今も頻繁《ひんぱん》に快楽に浸らされているから。そしてその姿や立ち居振る舞いが、非常に好ましく思えるから。理由はいくつも挙げられる。けれど、どれも理屈ではないように思えた。

「毎日部屋に籠もって、退屈じゃないか？」

「そうでもないです。勉強するのに忙しくて」

そう、こちらで学ぶことはいくらでもあった。何しろ佳那は、この世界では小さな子供と変わらないのだ。

「そうか。だが今日は、少し俺につきあってくれないか」

「どちらへ？」

「おいで」

ディランが佳那の手を握り、部屋の外へと連れ出す。時折廊下で宮中に勤める者達とすれ違うのが気恥ずかしかったが、一人も変な目で見てくる者はいなかった。皆恭しくディランに一礼してすれ違っていく。

彼は廊下を進んで、奥の扉から外に出た。石畳の通路を少し進むと、目の前に高い塔が建っていた。

「少し階段を上るが、大丈夫か？」

「がんばります」

変な答えになってしまったかもしれないが、佳那はそう言った。

体力がないほうではなかったが、ここのところ引き籠もっていたので少し自信がない。だが佳那はそう頷いた。せっかく誘ってくれたのに、断りたくない。

「頼もしいな」

ディランは笑って先導するように塔を上がっていった。螺旋《らせん》状の階段をどこまでもぐるぐると回っていくと、いったいどれくらい上ったのかすぐにわからなくなる。次第に息切れする佳那に、彼はひとつも息を乱した様子もなく振り返った。

「もう少しだ。がんばれ」

「……はい」

彼は再び手を伸ばす。佳那は一瞬だけ躊躇《ちゅうちょ》してから、その手を握った。

（誰かの手を握るなんて、どれくらいぶりだろう）

両親と手を繋《つな》いだ記憶はもう遠い昔になり、元恋人とはこんなふうに触れ合ったことすらなかった。力強い手の感触と、伝わってくるぬくもり。それが佳那の心を落ち着かなくさせる。

しばし上ると、唐突に目の前が開けた。

「――――」

まず目に飛び込んだのは青空だった。それから鼻腔をくすぐる花の香り。さらさらと心地よく響くのは人工的に造られた泉から延びる水路の流れだった。

「これは……」

「空中庭園だ」

あたりを見回す佳那の側に立ち、ディランが言う。

「ここの水は風力を利用し、地下から汲《く》み上げている。城の膳所《ぜんどころ》に水を供給しているんだ」

佳那は周囲を見渡した。すると城の敷地内に、風力発電で使われるような風車に似た建造物が見えた。

「城下にも同じものが六基ある。俺が王位に即《つ》いてから、一番最初に取りかかった事業だ。これのおかげで夜も闇に包まれることなく、力仕事もだいぶ容易になった」

佳那はこの世界が、自分が思っていたよりもずっと技術が進んでいることを知った。遠くに見える町並みが城下町――――、いや、都市なのだろう。整然と並んでいる建物には美しい塗料で彩られ、その賑わいが想像できた。

「素晴らしいです」

佳那は感じたままを素直に伝える。

「お城も立派だと思いますが、この庭園が今まで見た中で一番綺麗です」

澄んだ水が流れる側に咲く花は一見無造作な配列に見えてその実、統制がとれていた。柔らかな色の花々の中に差し色のように現れる鮮やかな色の花の群れが、一層華やかな印象を与えている。

「そうか」

ディランはゆっくりと微笑《ほほえ》んだ。

「俺の蜜花が現れたら見せたいと思って造った庭園だ」

その言葉に、佳那は驚いて彼を振り向く。

「お前が気に入ったのならよかった」

「――――」

この美しい庭園が自分のために造られたと聞いて、佳那はひどく狼狽《うろた》えた。お礼を言いたい。だが、それもなんとなく変なような気がした。佳那はここに来てまだ一週間ばかり。彼は佳那のことをよく知らないはずだ。

「ひとつ、聞いてもいいですか」

「なんなりと聞け」

「あなたは俺を待っていたと言います。けれど、あなたは俺のことをよく知らないはずです」

佳那がそう言うと、ディランは不思議そうに首を傾げる。

「それが何か問題があるのか?」

彼の言葉に、佳那は面食らった。

「少なくとも俺は今、お前のことを好ましいと思っている。お前の蜜は舌が蕩けるほどだし、その姿も見目麗しい。異世界からやってきて心細い思いをしているお前の助けになりはしないかと、毎日あれこれ考えている。それでは駄目か?」

「――いえ、駄目と、いうわけでは」

「それならよかった」

あまりに堂々と言い放つディランを前にしていると、佳那が気にしていることなど些細《ささい》なもののように思えてしまう。しかし、確かに、見合いなどで結婚するカップルなどいくらでもいるし、それらが仲睦《なかむつ》まじかったとしてもなんの不思議もない。自分の考えが矮小《わいしょう》だったかもしれないと、佳那が恥じ入ってしまった時だった。

「――だが、確かにカナの言うことも一理ある。俺もお前のことを知りたい。教えてくれないか？」

「……」

佳那は一瞬、ぽかんとしたようにディランを見つめる。

（異世界の男の人は、みんなこうなのだろうか）

これまで佳那が好意を寄せてきた男で、こんなふうに接してくれた人は誰もいなかった。父親でさえ佳那には関心がなかったように見えた。

（違う。きっと――――、この人が特別なんだ）

この世界にだって、佳那の元恋人のような男はいくらでもいるだろう。けれどディランはきっと、彼自身の特性によってこんなことを言ってくれるのだ。

「カナ？」

目の前のディランは僅《わず》かに首を傾げ、困ったように微笑んだ。

「どうかしたか？」

いいえ、と佳那は首を振る。

「今、言われて思ったんですけど、こんなことを言っておいて、俺について知られてしまうのは恥ずかしいなと思いました」

「どうしてだ？」

「そんなにたいした人生を送ってきたわけではないので」

そんな言葉を言ってしまう自分の顔を見られたくなくて、佳那はディランに背を向け、庭園の中を歩き出した。

「あなたが俺のことを知ったら、多分、がっかりします」

自分のことを知らないくせに、なんて言ってしまったのは、きっとあてつけだ。こんな自分が誰からも顧みられないのは当然だと思う。だから、彼にはせめて嫌われたくはなかった。こんなに誠実な彼には。

不覚にもじわりと目頭が熱くなってきて、さりげなくディランから離れようとした佳那だったが、突然腕を摑まれて引き寄せられる。

「……何を泣いている?」

「――――」

佳那は見られまいとして顔を逸らした。けれど顎《あご》を摑まれて、強引に上を向かされる。

「俺の言葉が、お前を傷つけたのか?」

「……違います」

気遣われるとよけいに感情が高ぶって、目の端から涙が零れてしまった。佳那は慌ててそれを拭い取る。それをじっと見つめていたディランだったが、ふいに佳那の身体を引き寄せた。

「あ」

熱い舌先が濡れた目元を舐め取っていく。その感触に、佳那はびくんと身体を震わせた。

「お前は涙も甘い」

囁かれて、鼓動が速くなる。頭と顔が熱くなった。我ながら現金な反応だ。

「がっかりするなどと言うな。俺はそんなことはしない。だからカナのことを、教えてくれないか」

「……」

そんなふうに言われてしまったら、逆らえるはずがない。佳那は俯いたままでこくりと頷くのだった。


庭園の中にある長椅子に腰を下ろし、佳那はディランに問われるままに以前の世界での生活を話した。元恋人のことを打ち明けるかどうか迷ったが、過去の経験を聞かれ、つい詳《つまび》らかにしてしまう。

「そうか」

ディランはそう言ったきり、少しの間無言になった。佳那はその沈黙が怖くて、つい言葉を続けてしまう。

「俺は家族にも、恋愛にも縁が薄くて。ちゃんとした人間関係を築けていない自分は駄目な奴なんじゃないかと思っていたんです。聞いたらがっかりするって言ったのはそういうことです」

「いや、それは違う」

彼が断定的に言い切ったことに、佳那は思わず彼のほうを見た。

「カナは非常に魅力的だ。美しく、そして思慮深い。突然見たこともない世界にやってきても慎重に振る舞っている。きっと芯が強いのだろう」

「そんな――――」

これまで言われたことのないような言葉ばかりが出てきて、面食らってしまう。

「それに、蜜を味わい、肌を合わせれば本能でわかる。お前は俺を昂《たか》ぶらせる。俺の大事な蜜花だ」

「……その、蜜花というのは、俺がいた世界にはないものです。だからそれがどういうものなのか、よくわからなくて」

「そうなのか？　ではカナのいた世界では、秀でた者とそうでない者の区別はどうやってつけるんだ？」

「ええ？　それは……、年収、とか、社会貢献とか……？　たとえば医者とか経営者とか、政治家など、ですかね……？」

ざっくりと成功者のイメージがある職業などを並べてみたが、あまりにも大雑把すぎるな、と我ながら思った。

「それらの者は、どうやって力を得ている」

「普通に生活に気をつけるとかだと思いますけど。睡眠をちゃんと取るとか、バランスのいい食生活、適度な運動……」

「何もやっていないのと同じではないか」

そう言われては、佳那は何も言い返せない。これは元いた世界での健康に過ごすための方法で、それ以外の方法などよく知らない。

「人の上に立つ者には、蜜花が必要だ」

「女の人には必要ではないのですか？」

「蜜吸いをして力を得ることはできる。だが女は蜜花に対して精を注ぐことができない。だから一方通行になり、蜜花はいつか枯れる」

「……そう、なんですか」

枯れるというのがどういう状態なのかよくわからないが、あまりいいものではないのだろうなと思った。

「カナは元いた世界では、死んだと言ったな」

「……ええ」

おそらくそうだと思う。自分はあの世界ではもう、いない人間なのだ。

「猫を助けるために命を落とすなんぞ、なかなかできることではない。カナは優しいのだな」

「そうなんでしょうか」

自分が優しいなどと考えたことがなかった。優しい人間なら、愛されるはずだから。

「心配するな」

ディランの手が、頭をくしゃりと撫でてきた。佳那の肩がびくりと震える。

「そんな反応をされると、煽《あお》っているように見えるぞ」

「ち、違います」

「わかっている。敏感なんだ。とても可愛い」

「あ――――」

唇を重ねられ、舌を吸われた。重なる角度を何度も変えて、次第に口づけが深くなる。頭の芯が痺れて、思考が鈍くなっていった。

「は……ぁ」

「カナ。俺の蜜花――――。今は俺だけを見ていろ」

強引な響きの睦言《むつごと》に、くらくらと陶酔《とうすい》を覚えてしまう。それは自分が蜜花とやらにされてしまったからだろうか。

（いいのだろうか、それで）

所有されることに抵抗を覚えないわけではない。だが、彼は佳那のことを尊重してくれている。

元いた世界に比べたら、ずっと。

（死にたいわけじゃない。できれば生きていたい。それなら、いっそ）

求められる役割を果たしてみるのもいいのかもしれない。身体から快楽を引きずり出されることは時につらいものだが、耐えられないわけではない。

「あ……なたの、蜜花となることを、努力します」

「カナ」

「一生懸命、やります……、だから、教えてください……、どうしたらいいのか」

この世界で生きてみる。そうしたら、今度はうまくいくだろうか。

「ああ、もちろんだ」

ディランは喜色を浮かべ、佳那を抱きしめてきた。そのまま長椅子に押し倒される。服の隙間から手を差し入れられ、息を呑んだ。

「こ、ここで……？」

「誰も来ない。構わないだろう？」

ディランの大きな手が、佳那の太腿をまさぐってくる。その感覚に、覚え込まされた快感を呼び起こされて、ぶるりと腰が震えた。頼りない下着の上から五本の指で脚の間を包み込まれ、うっ、と声が漏れる。

「……は、い」

今の俺の役目は、ディランに蜜を与えること。

「構いません……あなたの……好きなように」

恥ずかしさを懸命に堪えて、佳那は言った。ディランが自分に対して蜜花としての役割を期待するのなら、それに応えたい。

「いい子だ」

褒められて口づけられ、嬉しいと思う。彼は佳那の衣服をはだけ、露わになった胸の突起を指で転がした。

「んうっ」

乳首から感じるむずがゆいような感覚はすぐにじわじわと甘い痺れに変わり、胸の先から身体中へと広がってゆく。柔らかかった佳那の乳首はすぐに硬くなり、尖《とが》って、ディランの指を愉《たの》しませた。

「あ……っ、んっ、ぅ」

「ここもたっぷり可愛がらねばな」

細かく何度も指で弾かれ、くすぐるようにいたぶられて、背中に鋭い快感が走る。長椅子に爪を立てて何度も喉を反らしながら、佳那は刺激に耐えた。

(そこが、こんなに感じるなんて)

佳那はこれほどまで乳首を丹念に愛撫された経験がない。ここに来てから自分でも知らなかった快楽を引き出され、肉体の変化に驚いていた。セックスには淡泊《たんぱく》だと思っていたのに、時折自分の中に途方もなく淫らなものを感じて、それが恐ろしくもある。

「あ、ああ、あっ」

乳首を口に含まれ、舌でねぶられると、泣きたいような快感が襲ってきた。もう片方は指で挟まれ、くにくにと嬲られて、異なる刺激に腰ががくがくと震える。

「乳首は気持ちいいか?」

「あ、は……い、いい…っ、でも……っ、んう、ううっ」

それまで指で弄られていたほうの突起をふいに咥えられ、じゅうっ、と吸われて、佳那の背中が痙攣した。

「ああ…っ、そこ、ばかり、そんな……っ」

さっきから愛撫が胸にばかり集中している。脚の間はディランの太腿が、ぐっ、ぐっ、と押しつけられ、刺激されてはいるが、もどかしくてたまらない。腰の奥がうねるように疼いていた。

（いつもみたいに————ここを————）

恥ずかしい場所を広げられ、舐めて、吸って欲しい。そして彼のための白蜜を、思いきり噴き上げさせて欲しかった。

「ここも感じるのだろう?」

両の乳首を指先で転がしながらディランが囁く。

「ひとつ教え忘れていたことがある。蜜花が肉体を昂ぶらせれば昂ぶらせるほど————、そして快楽を欲しがり、焦《じ》れるほどに蜜は甘く、力を得ることができる」

ディランがそう告げる間も、佳那の股間は張り詰め、薄い布の中で懸命に勃ち上がっていた。

「だからといって、やりすぎてもよくない。心ない雄蜂の中には、自分の蜜花を延々と焦らし、射精させない者もいるが、あまり繰り返すと気が触れてしまう」

彼の言葉に、佳那はぎくりとした。まさかディランは、佳那をそうするつもりではないだろうか。しかし、その嫌な予感は当たってしまった。

「俺はそんなことはしない。ちゃんと出させてやる。だが、少し我慢していてくれ。お前の欲しがる姿が見たい」

「えっ、やっ……、あぁっ」

色づいて尖る乳首をまた口に含まれ、舌で転がされ、時には吸われる。佳那の身体はもうびくびくと震えっぱなしだった。胸の先がじんじんと痺れ、熔けそうだ。乳暈にねっとりと舌を這わされた後に容赦なくしゃぶられて、あられもない声を上げてしまう。

「ふぁっ…んっ、あぁぁあ」

乳首を責められると、下半身も同時に感じてしまうということを、佳那は彼に抱かれてから初めて知った。腰の奥が引《ひ》き攣《つ》れるように疼く。時々耐えきれなくてねだるように腰を揺すってしまうが、その度に頭を撫でられて宥められた。

「は、ぁぁ……、あぁぁ、も、もう……っ」

「こっちがまだだ」

「くぅうんっ」

もう片方の乳首にも口をつけられ、卑猥な愛撫を施される。薄い下着が滲《にじ》み出た愛液で濡れていた。ディランの手は決してそこに触れず、さわさわと内腿を撫でていく。

「あ、あ、あ」

おかしくなってしまいそうな切なさが、体内を暴れ回っていた。深いところから何かが迫り上がってくる。後ろが勝手に収縮して、ありえない感覚が込み上げてきた。

（そんな、そんな）

異様な感覚に佳那は目を見開く。けれど、すぐにきつく閉じてしまった。その途端に、後ろが激しく収縮する。

「あ…あ、あ――――～～…っ！　～～～っ」

ぷわっ、と快感が広がり、佳那は次の瞬間達していた。長椅子の上でめいっぱい仰け反った身体がぶるぶるとわななく。脚の間のものを放って置かれたまま、乳首への刺激だけで達してしまったのだ。

「イってしまったのか。可愛いな」

「――――あっ、あっ！」

（なんだ、これ、おかしい）

きゅうきゅうとうねりを繰り返す後孔の媚肉は、なかなか鎮まってはくれなかった。それどころか収縮する度に中が擦れ合い、また新しい波が押し寄せてくる。変なイき方を覚えてしまったようだ。

「ひ、あ…っ、ああっ、ああっ！」

ディランの目の前で佳那は何度も仰け反り、その度に絶頂を極めた。射精を伴っていないそれは、けれど潤沢な愛液をあふれさせ、脚の付け根までぐっしょりと濡らしている。

「……ああ、止まらなくなってしまったか」

「ふ、ぅんっ……、んんんっ」

ディランが佳那に口づけ、舌を吸ってきた。その間も佳那は止まらない極みに繰り返し翻弄され、助けを求めるように彼にしがみつく。やがて絶頂の波は徐々に小さくなり、啜り泣きながらディランを見上げた。

「少し虐めすぎたな。お前があまりに可愛いから煽られた。許せ」

「……っ、っ」

頭の中がぐちゃぐちゃしていて、思考はうまく回らない。涙で滲んだ視界に映るディランの肩越しに、青い空が見えた。こんなに明るい、花が咲き乱れる綺麗な場所で、いったい何をやっているんだろう。

俺は、彼に蜜を与える花なんだ。

佳那はその時、唐突にそう悟った。

「焦らした詫びに、たっぷりとここを吸ってやろう」

愛液に濡れた下着が剝ぎ取られて、恥ずかしい場所が陽の下に晒《さら》される。羞恥は今や興奮となって佳那の身を灼いた。

「こんなに漏らしたか。もったいないな」

「あひっ」

愛液で濡れている部分に、ディランの舌先が這う。また焦らされるようなもどかしい感覚に、佳那はかぶりを振った。

「も、もう、だめ、また……変になる…ぅっ」

「そうだな。もう少し待っていろ」

「ああっ！　そんなっ…」

ひくひくと蠢く後孔の肉環にまで舌を這わされて、佳那は抗議するように靴が脱げてしまった踵《かかと》でディランの背中を蹴った。ろくに力も入らない状態でたいした衝撃にはならなかったが、一国の王に対してする行為ではない。だがディランは気分を害した様子もなく、それどころか佳那の足を摑み、その指に口づけた。

「わかったわかった。大人しくしていろ」

「ああっ」

ぐっ、と膝《ひざ》を更に大きく開かれて、佳那ははしたない声を上げる。ディランの黄金色の頭が脚の間に沈んでいくのを、佳那は沸騰《ふっとう》する意識の中で見た。

「————あ、あぁぁあんんぁあ」

さんざん待たされた末に味わわされた快感は、強烈なものだった。濡れてそそり立つものを熱い口内にぬるりと咥えられ、じゅうぅっ、と音を立てて吸われる。その瞬間、腰骨が灼けつくような刺激が背筋を駆け上がった。

「あ、ア――――…あっ！　っ！」

腰から下にまったく力が入らないのに、下肢がびくん、びくん、と勝手に跳ね上がる。ディランの舌に絡みつかれ、ねっとりと擦られると、我慢できずに泣き声が漏れた。大きな波が押し寄せてきて、佳那はひとたまりもなく呑み込まれる。忘れかけていた射精感。

「ふぁあああぁっ」

精路を蜜が走り抜けていく感覚が途方もなく快い。びゅくびゅくと放たれるそれは、すべてディランの喉に消えていった。一滴も逃すまいと先端の蜜口を吸われてしまい、ひいひいと喘ぐ。

「あ……っ、ああ…っ」

「……さすが、舌が蕩けそうになるくらい極上の蜜だ」

ようやっとディランが佳那の股間から顔を上げ、舌先で唇を舐めて言った。

「身体の底から力が漲《みなぎ》ってくるようだ」

さんざん焦らされたせいで、佳那の蜜もよく練られたということだろうか。死ぬ思いをした甲《か》斐《い》があったのかもしれない。ほっと力を抜こうとした途端、再び彼が佳那の股間に顔を埋めようとするので、ぎくりと身体を強張らせる。

「ま、また……っ？　あっ」

根元のあたりをぺろり、と舐め上げられて、感じてしまった声を漏らしてしまった。だが、ディランは当然のように言う。

「たっぷりと吸ってやると言ったろう」

「あ、あ…っ、んあぁ…っ」

ちろちろと裏筋を辿られ、先端を舌先で撫でられては、また下半身が熔けるような快感に襲われてしまう。佳那の反った喉から、甘い声が漏れた。

「う、うっ」

快楽がじわじわと全身を犯していく。もっとよく舐めてもらおうと、膝が自分から外側に倒れていった。

「ああ……っ、いい…っ」

肉厚の濡れた舌で弱いところを何度も舐められていくと、佳那はやがて快楽に屈してしまう。もう耐えられないのに、もっとして欲しいとねだってしまう。

「お前の蜜は本当に甘い」

先端からとろとろとあふれる愛液を、彼は貴重なもののように舌で掬い取っていった。もっとよこせと言わんばかりに先端の蜜口を舌先で穿られると、鋭い快感が腰を砕く。

「っ、あっ、あっ！」

さんざん口淫され、蜜を吸われて、もう正気かもさだかではなくなった頃に、ディランの男根が後孔の入り口に押し当てられる。

「さあ、今度はお前の番だ」

俺の精を受け取れ、と、長大なものが押し入ってきた。

「あう、う、んん――……っ」

中を広げられ、奥まで埋められる快感が佳那の全身を燃え上がらせる。感じる粘膜を熱い棒で擦られてゆく感覚もまたたまらないものだった。

「あぁ――……、そ、こ…っ」

「カナの好きなところだな」

挿れられているだけで震えが来てしまうところを、ディランの男根が執拗に抉《えぐ》ってくる。その快楽に佳那は我を忘れて乱れた。

「んっ、うっ、あ、ああぁあ……っ」

大きく呼吸をする毎に、微かな花の香りが鼻をくすぐる。身体が浮いているような感覚も相まって、まるで天国にいるみたいだと思った。

「カナ様、お食事はお済みでしょうか」

「うん、美味しかったよ。ありがとう」

　佳那が給仕係にお礼を言うと、彼はにこりと微笑み返した。その表情に、愛想笑いの色はない。別の世界から突然現れた佳那に、皆親切にしてくれている。佳那がディランの正式な蜜花になったからだろう。未だ慣れないところのある佳那に、この世界のことをよく教えてくれている。だが、これまで普通の日本人として生きてきたので、突然の厚遇に戸惑っている。ディランは『堂々と大きな顔をしていればいい』と言ってはいるが、いきなり態度を変えられるものではない。

「お時間がおありでしたら、王宮の中を散策なさってはいかかですか？」

「……いいのだろうか」

「少し前まではカナ様はこの世界にいらしたばかりですので、あちこち出歩かれるのはディラン様もご心配でしたでしょうけど、もう大丈夫なのではないでしょうか。ディラン様からも、平気そうなら歩き回っても構わないと言いつかっておりますし」

「そうか。ならそうしようかな」

「ああ、でも、城壁から向こうへは行かないでくださいね」

「わかっている」

佳那は頷いた。城といっても、ここは広大だ。佳那が寝起きしている一角は城の最も奥まった、王の私的な場所であり、佳那はまだディランと、身の回りの世話をする者くらいしか会ったことがない。

「他の蜜花様方と仲良くされてはいかかですか?」

部屋に入ってきたリゲルがそんなことを言う。

「その方々はどこにいるのだろう?」

佳那も、自分と同じ立場の者の話を聞いてみたいと思っていた。リゲルに訊ねると、彼は少し首を傾げるようにして考える。

「そうですね……。あの方達も、雄蜂が近くにいない時は自由にされていますから……。けっこうあちこちにいらっしゃいますよ。サロンとか、図書室とか」

佳那はリゲルに城の見取り図を見せてもらい、午後はそれを片手に散策をすることにした。これまで行ったことのなかった場所まで足を伸ばすのは、なんだか探検しているようで楽しい。

回廊を歩いている時、外から風が吹いてきて佳那の黒髪を乱していった。ここに来た時にディランが伸ばせと言ったので、あれから一度も髪を切っていない。伸びて顔にかかるそれを、佳那はそっとかき上げた。

「綺麗な髪だね」

ふいに声が聞こえてきて、佳那は立ち止まる。柱の陰から、すらりとしたシルエットの青年が出てきた。年は佳那と同じか、ひとつふたつ下に見える。淡い色の長い髪をしていて、佳那と同じような、衣服を着ていた。蜜花だ。直感的にそう思った。

「君がディラン様の蜜花？」

「そうです」

「普通に話していいよ。君はディラン陛下の蜜花なんだから。僕の雄蜂は、ディラン様麾下《きか》のアゼルス。僕はロキシー」

青灰色の瞳をした蜜花はロキシーと名乗った。柔らかな雰囲気の、感じのいい青年だと思った。

「佳那です」

「よろしくカナ。ねえ、本当に異世界から来たのかい？」

「はい」

佳那がそう言うと、ロキシーはひどく驚いたような顔をした。

「すごい。予言は本当だったんだね」

ロキシーは感心したように、まじまじと佳那を見つめる。なんだか気恥ずかしかった。

「ああ、ごめん、ぶしつけだったね」

佳那が戸惑っている様子を察したのか、ロキシーは慌てて謝った。

「カナさえよかったら、友達になって欲しいな。蜜花同士として、教えてあげられることもあるんじゃないかと思うんだけど」

「――――ぜひ」

周りの人達は親切だけれど、どこかこちらとは距離があって、佳那としてはもっと対等に話せる感じの友人がいればいいなと思っていた。その点、ロキシーは感じの良さそうな印象がする。

「じゃあ、図書室に行こう。今の時間は誰もいないから。カナがいた世界のこと聞かせてよ」

興味津々というふうに言ってくるロキシーに、佳那は頷いて彼についていった。


「サロンでもいいんだけど、あそこは今他の蜜花がいるからさ」

連れてこられた図書室は広く豪華で、整然と並んだ書架に本がきっちりと並べられていた。その本も様々な色に装丁が施されており、美しい。

書架の間に置かれたテーブルと椅子も布張りで、金糸に縁取られていた。ロキシーはその中のひとつに佳那を座らせる。

「君が召喚されたって聞いてからずっと会いたかったんだけど、アゼルス様にまだ駄目だって言われてたから、ずっと待ってたんだ」

「どうして？」

「ディラン様がしばらく独り占めしたかったみたいだよ。だから側仕えの人間以外、なるべく誰にも会わせなかったって。でも部屋から出てきたってことは、そろそろいい頃合いってことだよね」

「……ディランが…、ディラン様が？」

彼が敬称で呼ばれているのを聞いて、佳那もそれに倣《なら》うと、ロキシーはくすっ、と笑った。

「いいよ。カナは許されてるんだろ？　そう呼ぶの」

やはり付け焼き刃は見抜かれるらしい。気恥ずかしさで頬が熱くなる。

「僕は、蜜花になるために育てられたんだ」

ロキシーはふいにそう言った。

「カナは知らないかもしれないけど、蜜花って、素質があってもうまく育てないと雄蜂に捧げるための蜜は出せないんだ」

「そうなのか？」

「ミプルっていう果実があってね。特別な土地にしか育たないんだけど、素質のある子がその実を食べ続けると蜜花になれるんだ。僕も物心ついた時から、食事の度にそれを食べさせられていた。だからもうミプルは見たくないよ」

ロキシーは可憐《かれん》な顔を顰めてみせた。決まった食べ物を、食事の度に食べるのはけっこう大変だろう。いくら好きなものだとしても、飽きてしまう。しかもロキシーはそれを、おそらく何年も続けたのだろう。

「食べたくないって言っても、鼻を摘まんで無理矢理食べさせられた。あれはつらかったな。まあでも、今はこうしてアゼルス様の蜜花になれたから、両親には感謝してるけどね」

「蜜花になるのって、名誉なこと？」

「そりゃもちろん」

ロキシーはどこか誇らしげに言った。

「蜜花を持てるのは、何かしら世の中に貢献している選ばれた人達だ。その人達の力になれるんだから、光栄なことだよ」

雄蜂と呼ばれる蜜花の主人は、主に王族や将軍クラスの軍人、富豪などが多いという。

「カナは陛下の蜜花。僕達の頂点に立つ存在だね」

そう言われてもピンと来ないが、多分佳那は、おいそれとはなれない立場にあるのだ。異世界から来たといってここでそんな態度を出したら、きっとロキシーは不快に思うだろう。それは傲慢というものだ。佳那は神妙な顔をして頷いた。

「正直、まだ右も左もよくわからないけれど、がんばるよ」

するとロキシーは、おかしそうに笑い出す。

「そんなに真面目な顔でがんばるようなものじゃないよ」

「……そうなのか？」

肩透かしを食らったように佳那はきょとんとしてロキシーを見た。

「蜜花の役目は愛されること。自分が心地よい状態でいること。まあ、時には納得できないこともあるけれど、それも含めて決めるのは自分自身だからね」

ロキシーの言うことは少し抽象的で、佳那にはわからない部分もあった。けれどそれは説明できることではないのだろう。

佳那に新しく与えられた、『蜜花』という役割。

（今度こそ、ちゃんとやらなければ）

前の世界では、佳那は生きることがあまりうまくなかった。ここに来て、以前とは比べものにならないくらい大事にされて、まるでこちらにいるのが正しいかのような気にさえなる。だが、それは違うのだ。

佳那はこちらの世界では異邦人だ。誰も彼もが、佳那を異世界から来た者として扱う。つまり、佳那に蜜花としての役割を期待している。ロキシーはがんばることではないと言うが、それは彼がこの世界の人間だからだ。

佳那が人知れず決意を固めていた時、ふいに声をかけてくる者がいた。

「ロキシー、ここにいたか」

「――アゼルス様！」

佳那の正面に座っているロキシーがぱっと表情を輝かせて立ち上がったので、佳那は後ろを振り返る。

そこには、背の高い男が立っていた。

軍服のような衣装を着て、体格はディランと同じか、もう少しがっしりしているかもしれない。腰に長剣を佩《は》いていて、赤みを帯びた髪を無造作に後ろに流している。顔立ちは鋭さが勝っていたが、充分に美丈夫だといえた。

「サロンにいないから、ここかと思ってな。――そちらは？」

アゼルスと呼ばれた男は、ロキシーの雄蜂なのだろう。男は佳那を見やると、ロキシーに問いかけた。

「カナです。ディラン様の蜜花です」

「君がか」

ロキシーに紹介されて、アゼルスは瞠目する。

「儀式が成功して、ディラン様の正式な蜜花が現れたと聞いていたのに、ちっとも紹介してくださらないのでよっぽど独占したいのだろうと思っていたよ」

アゼルスの言葉に、佳那は思わず赤面した。

「その様子では、蜜が乾く間もなく愛されていると見える」

「そ――――そんな」

なんと言っていいのかわからない。アゼルスの言うことは確かにその通りで、ディランは二日と置かずに佳那の部屋に通っているからだ。彼は際立った体力と尽きない精で佳那を圧倒し、その熱と快楽を受け止めるので精一杯なのだが、佳那自身、それで動けなくなるということはなかった。それどころか、その行為を肉体が求め、貪欲に味わっているという感じすらする。ディランはその変化を、身体が蜜花として変化していると言っていたが、本当にそうなのだろうか。

「困ることはないよ。それは蜜花として幸せなことだから」

ロキシーが当然のことのように言う。

「お前もそうか？」

アゼルスがロキシーの肩を抱いて告げた。それは慈しみのある仕草に見えた。

「もちろんです」

色めいた表情。そこにはアゼルスに対する媚態も見えたが、彼は幸せそうに思えた。

「お二人は、その……、雄蜂と蜜花の関係になって、どのくらい経つのですか？」

「どれくらいでしたっけ？」

ロキシーがアゼルスを見上げる。アゼルスは小さく笑って答えた。

「なんだ、覚えていないのか。もう六年になるだろう」

「そうでした。僕の十四の誕生日に口開けしたんでしたっけ」

――そんなに前から。

口開けというのは、多分初めて蜜吸いをすることだろう。この二人は六年という歳月を重ねている。先ほどの会話の様子だけを見ても、彼らの間に漂う信頼感や絆《きずな》のようなものが感じ取れた。

（俺もそんなふうになれるだろうか）

考えてみても、自分がこの国の王の蜜花だというのは、いささか荷が勝ちすぎるように思う。

そんな大役が、果たして務《つと》まるのだろうか――。一時はちゃんとやると決めた佳那だったが、アゼルスとロキシーを見て、にわかに不安になってしまった。

「どうした、不安そうな顔をして」

心の中が顔に出てしまったのか、アゼルスが訊ねてくる。佳那はハッとして顔を上げた。

「あんな偉い人の蜜花なんて、俺にちゃんとできるかなと思ってしまって」

佳那は小さく笑いながら答える。

「カナはいきなり別の世界からここへ来たんだ。僕達と違って、不安に思うことが多いのは仕方がないよ」

「そうだな。気持ちは察する。だが、ディラン様は満足なさっているようだ。儀式によって選ばれたのなら、間違いはない」

アゼルスは知らないのだ。佳那がここへ来たのは、猫の姿をした神がその場で適当に放り込んだのだということを。しかし、それを言っても仕方がない。

「はい、がんばります」

「だから、がんばる必要はないって」

ロキシーが軽やかに笑い、佳那もそれにつられる。いい友人ができたと思った。


「アゼルスの蜜花と会ったって？」

その夜、佳那の部屋を訪れたディランは、ゆったりとした夜着をまとって寛《くつろ》いでいた。

「はい。図書館で話をしました。途中からアゼルス様もいらして」

「あいつ、何か言っていたか？」

「何かとは？」

言いかけて、佳那はアゼルスが言っていたことを思い出した。

「俺を――――、蜜花を、なかなか紹介してもらえないと言っておられました」

「やはりか」

ディランは苦笑して果実酒の入ったゴブレットを置き、佳那を抱き寄せる。彼の体温が布地を通して伝わってきて、胸の奥が落ち着かなくなるのを感じた。

「できるだけ、お前を隠しておきたかった」

「どうしてですか？」

異世界から来た蜜花が、気に入らなかったからだろうか。これまでの彼の言動からそんなことはないとわかっているはずなのに、以前の世界の出来事からか、そんな考えが頭をもたげてしまう。

「どうしてだろうな」

けれどディランは、自分でも不思議そうに言った。

「うまく言えん。お前を誰かに見せると、その誰かにとられてしまいそうな――――、そんな感じがしたのかもしれん」

彼の言葉に、佳那はやや驚きを覚える。それは、佳那自身思ってもみなかったことだからだ。

「アゼルスの蜜花から聞いたか？」

「何をですか？」

「お前達の位置づけは、微妙かつ複雑だということだ。それは王である俺も逆らうことはできない」

「……ロキシーが言ったのは、蜜花はそんなにがんばるようなものではないと。時に納得できないこともあるが、それも含めて自身を良好な状態に保つ努力が大事だと聞きました」

「なるほど。アゼルスの蜜花らしい言葉だな」

ディランの口ぶりといい、ロキシーの言葉といい、他に何かあるように思えてならない。佳那は勇気を出してディランに聞いてみることにした。

「他に何かあるのなら、教えてください」

知らずにいるよりは、なんでも知って心構えをしておきたい。そんな佳那を見つめ、彼は頷いた。

「そうだな。言っておいたほうがいいだろう」

ディランは佳那を抱き寄せた手で、その肩をゆるゆるとさする。

「蜜花は、そう多くはいない。だから誰でも持てるというわけではないのだ。それ故に、義務のようなものが生じる」

「義務」

「蜜花は、雄蜂以外の者でも望まれれば、その蜜を分け与えなくてはならない」

「――――」

その言葉の意味するところを考えて、佳那は瞠目した。

「それは……」

「お前達は力の源でもある。それを一部の者だけが独占するのは褒められたことではない。だが、あくまでもお前達蜜花と、そして雄蜂の了承がいるがな。そして蜜を与えるのはいいが、精を注ぐのは雄蜂にしか許されていない」

つまり、他の人間が佳那に口淫したいと言って、それをディランが承諾すれば佳那はその者に蜜液を吸わせなければならないということらしい。

ディラン以外の男に口淫されるのは、正直言って抵抗がある。でも、彼がいいと言うのなら佳那は嫌とは言えないだろう。それがこの世界のシステムならば、受け入れる他はないように思える。

(ちゃんとやるって決めたんだものな)

「……いいですよ、構いません」

「カナ?」

「あなたが判断して、了承するのなら滅多なことにはならないでしょうし、最後までされないのなら」

　無理をしていないとは言えない。だが、佳那がそう言うと、ディランは佳那を見つめて困ったようにため息をついた。

「お前の世界ではどうだったかわからんが、こちらではそれほど相手に対する貞節さは求められていない。しかし、お前が嫌ならどうしたものかと思っていた」

「――――」

　ディランの口からそんな言葉が聞けるなんて思ってもみなかった。どうしてだろう。彼は最初から、佳那に対して好意的だったはずなのに。今だってそうだ。ディランはとても優しくしてくれる。

（俺が自分を信じきれていないからだ）

　以前の世界の記憶が、未だに佳那を縛り付けている。前の世界の佳那を知る者は、ここにはいないはずなのに。

　物思いに沈んでいた佳那の腰がディランにぐい、と強く抱かれ、そのまま寝台へと押し倒される。脚から布が滑り落ち、太腿が露わになった。

「何を考えている？」

「あっ」

脚の間にディランの身体が挟まり、その腰のものを押しつけられる。それは熱く硬く存在感を示していた。それを感じた瞬間、佳那の肉体がカッと熱くなる。

「お前のことを、もっとよく知りたい」

「……どんなことが、知りたいですか」

「そうだな。以前の世界では、どんな生活をしていたのかとか――」

「聞いても、あまりおもしろくはないですよ」

佳那は自嘲《じちょう》めいた笑みを浮かべる。そんな佳那を、ディランは少し黙って見下ろした。そうして、彼の顔が近づいてきて、ひどく柔らかく唇を食《は》まれる。

「それなら、忘れてしまうといい」

「――……」

ディランの言葉が、呪文のように頭に染み込み、思考を搦《から》め捕《と》っていく。彼の声はとても心地よくて、佳那はすぐに身も心も熔けていってしまうような心持ちになるのだ。

「お前は俺の前に現れた、あの瞬間に生まれたんだ」

そんなことを言われると、本当にそんな気になってしまいそうだった。

「カナ……、ああ、俺のものだ……」

ディランの唇が、うなじから胸、そして更に下へと降りていく。彼に蜜を提供するのだ。次第に力が抜けていく予感にため息をつきながら、佳那はディランの舌を受け入れ、快楽の声を上げた。

その日佳那は、やたら念入りに身体を洗われ、香油を塗り込まれた。いつも身体を洗う時は一人でいいと手伝いを断っているのだけれど、今日は特別な日だからと、リゲルの指示を受けた側仕え達が佳那の入浴を手伝う。彼らは十三、四の少年達だったが、そんな年下の者達に色々と施されるのは正直恥ずかしかった。だがそんな佳那の思いとは裏腹に、彼らはあくまで仕事として佳那の世話をしているので、下手に恥ずかしがっていては逆に失礼のように思える。佳那はぎこちなく彼らに身を任せながら、一連の作業を見守った。

「リゲル様、香油はどちらにいたしましょうか」

少年の一人が、銀のトレイに載《の》せたいくつもの瓶《びん》をリゲルに差し出す。彼はそのうちのいくつかを手に取り、匂いを確かめた後、その中のひとつを指さした。

「この、ククルの花の香油がいいだろう」

「かしこまりました」

リゲルの選んだ香油が肌に塗り込まれる。どことなくスパイシーさもある濃い花の香りがした。ずっと嗅《か》いでいると頭が痺れそうだと思った。

「今日はいつもと違う香りなんだな」

「はい、今日は夜会が催されますので」

「夜会」

「ディラン様と、ごく親しい臣下の方達と、特別なお客様をお招きした宴《うたげ》です。蜜花の皆様方も出られます」

「……俺も？」

「ええ。ですから、そのための香油をお選びしました。その香りには興奮作用がありますから」

それを聞いて思わずどきりとした。その宴の内容が、どういったものなのか想像がついてしまったからだ。

佳那が大勢の人の前に出るのは、一番最初にこの世界に来た儀式の時以来だ。あの時はわけもわからず、一昼夜の間快楽に責め立てられ、蜜花として身体を開かれた。

だが、ある程度事情を呑み込んだ今となっては、また別の羞恥が込み上げてくる。佳那は落ち着かない思いで、その日の夕方を過ごした。

「大丈夫です。ディラン様がうまく仕切ってくれますよ。何も心配することはありません」

リゲルが出してくれた軽い食事をやっとのことで呑み込むと、佳那は着替えるように促される。

「これを……⁉」

渡された薄物を見て、佳那は途方に暮れてしまう。

今着ているものも、片側の裾《すそ》がバックリ割れているという、慣れるまではなかなか抵抗のあるデザインだった。だが、今手にしているそれは、更に上を行くきわどさだった。

「透けてる」

「蜜花様達は皆そんな感じですよ」

ふわふわした頼りない衣服は、身につけたら肌が透けてしまうだろう。表面には細かいきらきらした石がいくつも縫い付けられているので、高価なものだということはわかる。恐る恐る着替えた時、更に衝撃的なことがわかった。脚の間にかかる前垂れが、少し引っ張っただけで簡単に取れてしまう。この衣装を着て出る宴が、どんな種類のものか容易に想像することができた。

その他にも手や足に細い装身具をつけられ、最後にそれらを隠すように長い上着を着せられる。それで佳那はようやっとほっとすることができた。

それからリゲルに案内されて、地下へと続く廊下を下りる。目の前に現れた大きな扉が開いた。途端に、甘い花の香りが鼻につく。

薄暗い明かりに照らされた広間には絨毯《じゅうたん》が敷かれ、その上にいくつものクッションが置かれていた。そして広間に点在するように座っているのは、おそらくディランの臣下達なのだろう。中にはアゼルスの姿があった。その横にはロキシーが寄り添うように座っている。

「お支度が手間取り、遅くなって申し訳ありませんでした」

「おお、ご苦労だったなリゲル。――――おいで、カナ」

広間の中央に座るディランに手招きされて、佳那は戸惑った。皆の視線が一斉にこちらに向かっている。リゲルは一礼すると退出してしまい、佳那はその場に取り残されてしまうような形になった。覚悟を決めて進み、ディランの元へと歩く。手が差し出され、その手を取った。腕を引かれ、彼の胸の中へと入ってしまう。

「美しいな」

伸びた黒髪の中に彼の指が入り込む。髪を梳《す》かれると、じん、とした感覚が走った。

「もう知っている者もいると思うが、紹介しよう。儀式により異世界から喚び出した、俺の蜜花だ」

「やっとお目にかかれましたな」

髭《ひげ》を綺麗に整えた男が言う。着ている衣服からして、文官だろうか。

「陛下がなかなか奥宮から出されないので、昼もなく夜もなく可愛がっていらっしゃるのではと噂をしておりましたよ」

そう言ったのは赤い髪をした無骨な男だった。いかにも武人という身なりをしている。

「では、出会えたのは私だけということですかな。これと一緒にいるところを見つけたもので」

アゼルスはそう言って、ロキシーの長い髪を梳いた。

その他の身分の高そうな男達の側には、もれなく蜜花と思われる者達の姿がある。彼らも興味深そうに佳那を見つめていた。

「これは俺が天から与えられた大切な蜜花だ。美しく可愛らしく、極上の蜜を出す」

唇を、ディランの指でなぞられた。思わず恍惚としてしまいそうになって、目を伏せてしまう。

「この通り、恥ずかしがりなところも愛おしい」

顎を捕らえられ、唇を重ねられた。戯《たわむ》れるように舌を吸われる、それだけで頭の芯が痺れかけた。人前だというのに。

「皆も、今宵は楽しめ。蜜花の蜜は、俺達の活力となる」

それを合図にしたように、周りから衣擦《きぬず》れの音と、密やかなため息が聞こえてくる。彼らも、自分の蜜花と絡み始めたのだ。異様なシチュエーションの中に置かれ、気もそぞろになるが、すぐにディランの舌が耳に差し入れられ、あっ、と声を上げる。

「周りが気になるか?」

「……はい……」

こんな経験したことがない。気にしないというのが無理だった。だが、ディランに優しく諭《さと》される。

「気にするな。皆、愉しんでいるだけだ。お前はいつも通り、蜜を分け与えてくれればいい」

ディランの手が股間を包み、隆起しかけているものをゆっくりと握った。申し訳程度に布で覆われたそこは、ディランの手の熱さをすぐに伝えてくる。

「あ、ぅ……あっ」

「俺はこれまで、この集まりに出たことがなかった。蜜花を持たなかった哀れな王は、臣下達が愉しんでいる夜に寂しく独り寝だ。それが今宵からは、お前を自慢できる。素晴らしく淫らで可愛いカナを」

薄布はすぐに突破され、大きな手に陰茎を包まれた。根元からゆるゆると扱《しご》かれるともう駄目で、下半身がじん、と痺れてくる。

「っ、んっ、あっ」

そこら中で感じる他人の気配が気になり、佳那は快楽を得つつも集中することができないでいた。

「恥ずかしいのか?」

「はい……」

周りから聞こえる声が、次第にため息から嬌声《きょうせい》へと変わっていった。ちらりと視線を投げてみると、蜜花達は皆押し倒され、雄蜂の愛撫を受けている。敏感な場所を責められ、気持ちよさそうな表情を浮かべている蜜花達。それを目にした時、佳那の身体がカアッと燃え上がるように熱

疼かせていく。

他人の痴態《ちたい》を目の当たりにした興奮。それが佳那の蜜花としての本能を刺激し、身体の内奥を疼かせていく。

「――――わざわざこんな宴を開くのには理由がある。複数の蜜花が互いの姿を見て情欲を高めていくと、蜜の質がよりよくなる」

内腿を、指先でつつうっ、と撫で上げられて、下腹の奥がきゅうんっ、と引き絞られた。股間に熱が集まり、陰茎が張り詰めていく。

「興奮してきたか?」

可愛いな、と囁いて、ディランは佳那の乳首へと舌を伸ばした。すでに芯を持ち始めたそれを舌先で転がされ、乳暈までねっとりと舐め回されて、股間が苦しくなる。

「あ、あ……う…っ」

ちゅうっと音がするほどに吸われて、胸の先がじん、と甘く痺れた。そこの感覚はどうも腰の奥と直結しているらしく、内奥が切なくもどかしい快感にひくつくのだ。軽く歯を立てるようにして虐められると、後ろが痛いほどに収縮する。

「ああっ…、ああっ」

声が抑えられず、勝手に出てしまう。脚の間を早く触って欲しくて、佳那は喉を反らしながら腰を浮かせた。はしたないことだとわかっていたが、そそり立ったものをディランに擦りつけるように尻を動かす。

「――――そんなに煽るな」

「ふぁあ…っ」

だが、ディランはそこを刺激してはくれず、もう片方の乳首へと舌を這わせた。手は双丘の狭《はざ》間《ま》を探り、押し広げられた先で息づく後孔にそっと触れてくる。

「んんあぁ…っ、あ、そこ…はっ」

入り口を撫で回され、佳那は熱い息を漏らした。その場所に触れられると、身体のすべての力が抜けてしまいそうになる。

「ここをゆっくりと蕩かせてやるからな」

ディランの指に後孔をこじ開けられ、媚肉が慎重に押し開かれていった。佳那のそこはもう苦痛など感じることもなく、中を広げられる快感を味わわされる。

「う…っ、くう――――……っ」

腰から背中にかけて、官能の波がぞくぞくと舐め上げてきた。ディランの指が動く度に、くち、くち、と粘着質な音が響く。下腹の奥がひっきりなしに収縮した。

「あっ、あっ」

「ここが気持ちいいだろう」

ディランの指先が、佳那の泣き所をそっと押す。すると、そこからじゅわじゅわと熔けていくような快感が湧き上がってきた。

「あぁぁあ」

佳那は咽《むせ》び泣くような声を上げる。快楽が全身へと広がっていき、指先まで甘く痺れていった。足の指先がぴくぴくと動く。

「あぁ、うう……っ、ふ、あ、ひぃ…ぃっ」

体内の指は優しく淫らに動き、佳那を追い詰める。どうしようもなく感じる部分を撫で回され、あるいは優しくくすぐられて、佳那は何度も背中を仰け反らせて喘いだ。だが、股間で苦しそうに屹立するものは放っておかれている。先端の蜜口から、透明な涙のような愛液がとろとろとあふれて、脚の付け根に、時折不規則な痙攣が走った。

「あ、あ、あ…っ」

身体の中が、気持ちよくて切なくて仕方ない。脚の間のものを、思うさま扱き立てて責めて欲しかった。後ろだけを可愛がられ、陰茎の裏側がじんじんと痺れる。肌が熱を持って、うっすらと汗をかき始めた。

「ま、前……も…っ、ん、んんんっ」

「うん…？　こうか？」

ディランの指先が、佳那のものを根元から先端にかけてそっと撫で上げた。

「あぁぁんっ」

待ち望んだ直接的な刺激に、喜悦の声が漏れる。けれど彼はすぐにその愛撫をやめてしまい、相変わらず内部の弱いところを壊れ物を扱うように捏ね回していた。

「あ…っ、あーっ、どうし、て…っ、くぁ、あ、んんっ」

「もう少し我慢していろ。焦らされるのも好きだろう？」

ぬち、ぬち、と内部がかき回される。

「っ、ふ、うー…っ」

次第に下半身全体が痺れてくるような感覚に、佳那は床に広がった薄物を握りしめ、大きく仰け反って耐えた。あまりのもどかしさに、目尻に涙が滲む。佳那の肉洞は、蜜花という特性ゆえに、快感に濡れて卑猥な音を響かせていた。周りに聞こえそうなその音も恥ずかしくてたまらない。それなのに、身体は悦ぶように腰を振っていた。

「ああっ、ああっ…、…っい、く、あ、あ」

「中でイくか？　構わないぞ。そら、もう一本増やしてやる」

「あぁひぃぃいぃ」

肉環がこじ開けられ、ディランの指がもう一本挿入される。肉洞を犯すものの質量が増して、そのぶん快楽も耐えがたくなった。うねる媚肉が二本の指を強く締めつける。引き締まった下腹に、さざ波のような震えが走った。その瞬間、内奥がふいに痙攣する。

「―――あ！」

腰の奥で、ぶわっ、と快感が弾けて広がった。泣き所を執拗に可愛がられ続けて、佳那は絶頂に抗えずに呑み込まれた。

「んんぁあぁああ」

はしたないほどに尻を振り立て、佳那は達してしまう。火照《ほて》った内股を、何度も何度もわななかせながら。イっている間も二本の指を中でくにくにと動かされて、そのせいで絶頂の波がなかなか引かなかった。

「中でイくのは気持ちいいか」

「ああ―――…、んん、い、いぃ……っ」

だが、佳那はこの時、どうにかなってしまいそうなほどの射精感に苛《さいな》まれていた。後ろで熔けそうなほどの快感を得ていても、股間のものは放置されたままだ。佳那のそれはかわいそうなほどに張り詰め、先端からだらだらと愛液を滴らせている。

「…っおねがい、です、ちゃんと、イかせてぇ…っ、ここ、も、いじめて……っ、いつもみたいに、吸って…っ」

　無我夢中で哀願し、ディランの前に突き出すように何度も腰を浮かせた。すると、彼の喉が上下したのがはっきりと見て取れる。

「……そうだな。こんなにあふれてもったいない」

　ディランの金色の頭が脚の間に沈んだ。彼の舌先が、根元まで濡らしている愛液をそっと舐め取る。

「あっ、ふぁああっ」

　待ち望んだ快感をやっと与えてもらったのに、佳那は失望に喘いだ。足りない。こんな繊細な感覚では。もっと、もっと、灼けるような快楽が欲しい。初めて舐めしゃぶられ、何度も蜜を吸われた時のような。

「あは、あっ、やだぁ…っ、も…っと、もっと、っ」

「ああ、蜜もたっぷりと溜まったようだ」

　ディランは佳那の双果を掌で転がす。それはぷるん、と膨《ふく》らみ、雄蜂に蜜を与えるために張り詰めていた。そして刺激を欲しがって震えているそれが、とうとう彼の口の中に含まれる。

「ふぁあ、あぁ――――…っ」

　脳を灼くような快感が来た。待ち焦がれていた刺激を与えられ、じゅるじゅると音を立てながら吸われて、耐えられるはずがない。

「あうっ、うっ、うっ！　くうぅんんっ……！」

佳那はひとたまりもなく白蜜を弾けさせてしまう。ディランの口中に放たれたそれは、ごくりと喉を上下させて呑み込まれていった。強く弱く吸われる度に、腰ががくがくと動いてしまう。

「――いい蜜だった。舌が蕩けるようだ」

「……っ、は、あ…っ、くすぐった…っ」

達したばかりのものを清めるようにちろちろと舌先を這わされるのは少しつらい。つつうっ、と裏筋を辿られると、「あっあっ」と声を上げて仰け反った。

「もう一度飲ませてもらうぞ」

「あ、んんっ……、んうっ……」

肉厚の舌をねっとりと押しつけられて、ぬるぬると舐め回される。快感が腰を包み、両の膝の力が抜けて、自分から外側に倒れていった。先端のくびれの外周を辿るように舌先を動かされると、あられもない声を上げてしまう。

「あ、あっ、そ、こ……っ」

焦らされたぶん感覚は強烈で、それもイったばかりだ。続けざまに責められる佳那のものはたちまち反応し、またすぐに張り詰める。ディランの巧みな舌先に敏感な場所を弾かれ、その度に卑猥な声が上がった。一番弱い先端の蜜口を抉られた時は、泣くような声を上げて喉を反らしてしまう。ふと開いた視界に、他の蜜花もまた、背を反らし、脚を開いて、口淫されている姿が映る。同じ空間に響く喘ぎ声を聞き、まるで快楽を共有しているような感覚に陥って、佳那は焦げつくような興奮を覚えるのだった。

「はあっ…、あっ…あっ…！」

ぢゅるぢゅると吸われ、身体の芯が引き抜かれそうな快感に思わず腰を引くが、ディランの腕にがっちりと捕らえられてそれも叶わない。

「あうぅ…ああ…っ、は、ア、い、イくぅ……っ、また、イく…っ」

堪えきれない気持ちのよさに、佳那はいとも簡単に絶頂へと駆け上がった。腰をがくがくと震わせ、彼の豊かな黄金の髪に指を絡ませながら蜜を噴き上げる。二度目のそれもやはりディランの口中に呑み込まれ、喉を上下させて飲み込まれていった。

「ああ……っ」

くらくらする余韻に喘ぐ。ようやっと満足したのか、ディランは佳那の股間から顔を上げる。

「やはり、充分に下ごしらえをした蜜は最高だな」

佳那を焦らしに焦らしたことが、蜜の糖度を上げたようだった。佳那自身も身体中がじんじんと痺れ、うまく言葉が返せない。潤んだ瞳でディランを見上げると、彼は佳那をかき抱いた。愛おしげに顔にキスを落とし、汗ばんだ肌をまさぐる。

「今度はお前に俺をやろう」

「あ……っ」

後ろを向かされ、腰を高く持ち上げられた。薄布が背中を滑り落ちていく。そんな繊細な感触すら、今の佳那には耐えがたかった。

(挿れられる)

ディランの指でさんざん蕩かされたそこは、ひくひくと収縮を繰り返していた。肉環をたくましいものでこじ開けられ、中を思うさまかき回して欲しくてたまらない。これから味わうであろう快楽を待ちきれず、内股がはしたなく震えた。

「あ、あ」

「たっぷりと突いてやる。どんな声を上げてもいいぞ。皆に聞かせてやるといい」

「そ、そ…んなの、恥ずかし……っ、んあっ、ああアァっ」

その瞬間、自分でも意識しないような声が出た。後ろを太いもので押し広げられていく。全身が総毛立ち、痺れるような快感に襲われた。

「ん、ひっ…、ああ、んあぁぁああ」

ずぶずぶとひと思いに貫かれ、佳那はそれだけでまた達した。身の内をいっぱいに埋められ、奥まで貫かれる感覚がたまらない。ディランは自身を収めてしまうと、心地よさげなため息をついた。そして、佳那の両腕を摑んで引き上げ、膝の上に乗せる。

「あ…っ、あっ、あ――――…っ、～～っ！」

自重でディランの男根を深く咥え込むはめになって、佳那は思わず仰け反って震えた。彼のものの先端が我慢ならない場所に当たって、それだけでも全身が痺れてしまう。

「は、ア……あ…っ」

後頭部を彼の肩に押しつけ、快楽に端正な顔を歪《ゆが》めている佳那の喉元を、ディランの大きな手が撫で上げていく。そんな感覚にすらひどく感じて、体内のものを強く締めつけた。

「どうだ、俺のものは……、感じるか？」

「は、い、きもち、い……っ」

思考が蕩けて、肉体が感じるままの言葉を垂れ流してしまう。いつものように突き上げて欲しくて、自分から腰を揺らしてしまいそうだった。

「待て。今、かき回してやる」

「ああっ……」

笑いを含んだ低い声で囁かれ、腰骨を摑まれて回され、内部の媚肉が擦られる。その快感に、ぞくぞくとした波が這い上がった。両の膝の下を持ち上げられて揺らされて、あられもない声を上げて身悶える。

「……っ、っ？」

その時、佳那の視界に広間の様子が映る。佳那が目に止めたのは、顔見知りになったロキシーの姿だった。彼は雄蜂であるアゼルスに抱かれ、彼に蜜を吸われていたはずだった。だが今は、別の男に向かって脚を開き、その陰茎を吸わせている。彼は長い髪を振り乱し、快感に喘いでいるように見えた。

アゼルス以外の男に口淫を許しているロキシーの姿を見て、佳那は衝撃を覚える。

――納得できないこともあるけど、それも含めて決めるのは自分だから。

少し前にロキシーが言っていた言葉を思い出した。彼は恍惚とした表情を浮かべて快楽を味わっていた。その背後から、ロキシーの本来の雄蜂であるアゼルスが彼の首筋に唇を這わせている。

彼はいったいどう思っているのだろう。他の男に蜜を吸われることを。しかし、当のロキシーの表情からは、そんな逡巡《しゅんじゅん》の色は見られなかった。彼はまるで自ら脚を広げ、淫蕩に振る舞っているみたいだ。

「ああ……、舐めて、いっぱい…っ、吸って…っ」

彼はその行為を、心底愉しんでいるように見えた。その光景を見ている佳那も、羞恥と興奮に包まれる。ましてや今は、ディランにその男根で貫かれているのだ。感じるなというほうが無理に決まっている。

「ふあっ、んっ、は、あぁんんっ……！」

どちゅ、と突き上げられ、脳天まで突き抜けるような快感に襲われた。全身の肌がいっせいに粟立《あわだ》ち、びくびくと震える。

「他に気を取られるな。……今は俺に集中しろ」

「そ、んな…っ、う、あ、あ、ああっ」

あちらこちらで淫らな光景が繰り広げられているのだ。気にならないはずがない。けれど、ディランに何度も突き上げられているうちに、佳那は自分の快楽を追うことしか考えられなくなっていった。彼の男根を受け入れるために、念入りに躾《しつ》けられた後孔。感じる粘膜にされた肉洞は、擦られる度に我慢できない感覚を佳那に与えてくる。

ディランは驚くべき膂力《りょりょく》でもって佳那を持ち上げ、後孔の入り口近くまで引き抜いてはまた深々と落とす。それを繰り返され、佳那は次第に我を忘れてよがった。

「くぅ、ひぃ……、あっ、あぁぁあ」

きっと自分の喘ぎ声も他の者に聞かれているのだろう。そう思うと、身体が勝手にぞくぞくした。こんなことに興奮してしまうなんて、どうかしている――、自分はこんなに、いやらしい奴だったろうか。

以前は、元の世界にいた頃は決してそうではなかった。むしろこういったことには淡泊だったほうだ。

（だって、こんなに気持ちよくなかったから）

佳那にとってセックスとはただ相手の欲望を受け止めるだけの行為であり、そこに快楽や興奮は薄かったように思う。これほど執拗で丁寧な愛技は施されたことはなかった。

だが、それだけじゃない。

佳那の中の、淫らさ。それは間違いなくこちらに来てから生まれたものだ。元々佳那の中に眠っていたものなのかはわからないが、ディランの蜜花となったことによって開花したもののように感じる。

彼に触れられると、条件反射のように身体が熱くなって、蕩けてしまう。頭の中がいやらしいことでいっぱいになって、何をされても受け入れてしまいたくなる。

「あ、あっあっ、い、イく、イくうぅう……っ」

ディランの先端で最奥をごりごりと抉られ、肉洞から強烈な快楽が身体中に広がった。内壁は彼の太い幹を締めつけ、ひくひくと蠢いている。本来は濡れるはずのない場所が勝手に濡れ、動かされる度にじゅぷじゅぷと卑猥な音を響かせていた。

「イきたいのか。いいぞ。皆に見せてやれ。お前が思いきりイくところを」

「あっ、あっ……！」

部屋のあちこちから、視線が絡みついてくるのがわかった。この場にいる大勢の人間が、佳那の痴態を見ている。恥ずかしい場所を晒して、いやらしい声を上げて悶えているところを。

「あ、――っ！」

恥ずかしい。なのに、身体が一層燃え上がった。

「や、見…な、みない、でっ……！」

今にも消え入りたいと思っているのに、まるで見られているのを悦んでいるように腰が動く。ディランの抽送《ちゅうそう》に合わせ、股間でそそり立つものをわななかせながら、突き出すようにくねらせていった。

「あぁ…っ、な…んで、感じる…っ、あっ！　あんんん――…っ」

きついほどの絶頂がやってくる。佳那は背後のディランにもたれかかるようにして身体を反らし、たっぷりと極みを味わった。股間のものから白蜜が勢いよく弾け、引き締まった下腹を汚す。そして耳元で低く呻く声が聞こえたかと思うと、腹の中に熱い飛沫を勢いよく注がれた。

「ああっ…、あ――…、っ」

ディランの迸りを感じ、佳那は多幸感に包まれる。肉体が彼の精を悦んでいた。吐精される感覚にすら達してしまい、佳那はいくつもの視線の中で淫らな痙攣を繰り返す。

「は……っ、はぁぁ…っ」

「ふ…、見事なイきっぷりだったな」

後ろから荒い息をつきながら囁かれても、佳那はまだ正気に戻ることができないでいた。意識が甘く煮蕩かされ、未だ夢の中にいるようだ。だから、ディランが次に発した言葉も、よく理解できないでいたのかもしれない。

「――お前の蜜を、他の者に分け与えても構わないか？」

「……？」

激しい余韻の中、佳那はそれはどういうことだろうかと考える。だが、ディランはきっと、自分にひどいことをしないだろうという思いがあった。無意識に頷くと、彼は少し困ったように笑って、佳那の顎を摑んで口づける。それから、その場にいる者達に向かって言った。

「我が蜜花の蜜を味わってみたい者はいるか」

「おお、では、ぜひ」

その中の一人の男が動き、こちらにやってきた。佳那はそれをぼんやりと見つめる。そして男が佳那の前に跪《ひざまず》き、肌に飛び散った蜜を舌先で舐め取っていった。

「んんっ、あっ」

達したばかりの身体にそれはくすぐったくて、身を捩ってしまう。するとディランがそんな佳那を後ろから押さえつけてきた。

「じっとしていろ」

「あ、あ……！」

男の舌先はちろちろと肌を辿り、下腹へと降りていく。そして内股の蜜を丁寧に舐め、佳那の股間に頭を埋めてきた。根元から肉厚の舌が、ぬめぬめと這い上っていく。佳那はディランの膝の上で思わず身悶えた。

「うう、ああ……っ、だ、め……っ」

儀式の時に、神官達に身体を触れられたことはあるが、ディラン以外に陰茎を舐められるのは初めてだった。彼とは違う舌の感触と技巧に、腰が勝手にびくびくと動く。感じてしまう。やがて男の口に含まれ、優しく吸われると、腰骨が痺れてまた仰け反ってしまった。

「あううう……っ」

「蜜花は舐められることに耐えられない。安心して乱れていいぞ」

ディランにそんなふうに告げられる。これは蜜花の性なのか。誰であろうと、蜜を吸われれば快楽を得てしまう。そしてそれが嫌ではない。身体中が性器にでもなったような感じだ。

そして、まだ体内の奥に存在している彼の存在を否応なしに思い知らされてしまう。佳那が感じて腰を揺らす度に、その男根が内壁を刺激してしまうからだ。

「だが、後ろは俺が埋めておいてやる。こっちもずっと気持ちよくしてやるから、うんと愉しむといい」

「あは、んっ、あぁぁあ……っ」

そんな、と佳那は喉を反らして喘ぐ。達したばかりの後ろを緩く突かれ、前は男に口淫されて、前後を同時に責められている。こんなものに、耐えられるわけがなかった。

「ああっ…あ、これ、だめ、だ、あ、んくぅぅう……っ！」

ふいに強い快感が押し寄せ、佳那は奥歯を噛みしめるようにしてまた達してしまう。吸われている屹立は男の口の中でびくびくと脈打ち、白蜜を弾けさせた。男はそれをためらいもなく飲み下し、最後の一滴まで出せと蜜口を舌先でつついてくる。

「あ、ひ、……っ」

過敏になっている場所をそんなふうに嬲られ、腰ががくがくと動く。男は佳那の股間から顔を上げて笑った。

「さすがは陛下の蜜花。素晴らしく極上な蜜ですな」

そんなふうに評されるのを、佳那は震えながら聞いている。

「ディラン様。私もよろしいですか」

別の男が身を乗り出してきた。佳那は脚を開かれたまま、続けざまに陰茎を咥えられる。

「ふう、あぁあ……っ」

まだ絶頂の波が引いていないのに、途切れなく与えられる快感に全身が痺れきってしまう。しかも、体内にはまだディランがいて、肉洞を刺激してくるのだ。

「ああっ…、もうっ…、もうっ」

「カナ、このぶんだと、全員がお前の蜜を味わわんと終わらないぞ。しっかり出せよ」

「む…り、無理ぃ…っ、ああっ、も、舐めな…でっ」

一番敏感な場所を舐められ、しゃぶられる快感を延々と与えられ、過ぎる気持ちのよさに涕泣する。儀式の時もそうだったが、快楽もすぎると苦痛に近くなる。

だが、蜜花として開花し、少なからず躾けられてきた佳那の肉体は、どこまでもその愛撫を受け入れようとしていた。

「あ、あ…っ、ああ……っ」

恍惚とした喜悦の表情を浮かべ、吸われる度に腰を揺らす。そうすると同時に中も刺激されて、前後から湧き上がる愉悦が混ざり合うのだ。それはこれまで経験したことのない快感だった。身も心も、どろどろに蕩けていきそうな。

「あ、こ…これ……っ」

「……そんなに感じるか？　少し妬けてくるな」

自分がこの状態を作り出したくせに、膝の上で身悶える佳那の痴態を目にして悋気《りんき》を感じたのか、ディランは佳那の乳首をやや強く摘まみ上げた。

「ああ、ひぃっ」

胸の先からの鋭い刺激が下半身を直撃して、佳那はひとたまりもなく達してしまう。

「あ――――……、～～っ」

こんなに立て続けに射精できるわけがない。なのに芳醇《ほうじゅん》な蜜を出してしまうのは、佳那が蜜花となったからだろう。自分はもう以前の自分ではないのだと、佳那は今更ながらに思い知らされた。

「……まだがんばれるか？」

「……っ、は、い」

もう、頭がよく働かない。更に別の男を脚の間に迎え入れ、舌で嬲られると、佳那は声も出せずに喉を反らす。内奥では相変わらずディランのものが息づいていた。また違う男に口淫されて、腰から下の感覚がなくなってくる。それなのに、快感だけが込み上げてきた。佳那のものは男の口の中で吸われ、しゃぶられて、びくびくと脈打つ。

「ああっ…ああっ、んっ、くぅ――――……っ」

気持ちいい。悦くてたまらない。

恥ずかしさも気にならなくなる。むしろそれが興奮を呼んで、佳那は我を忘れて喘ぎ、よがり泣いた。白蜜を噴き上げる度に、全身を震わせて仰け反る。ぴくぴくとわなないている脚のつま先が、快感のあまり開ききったり、ぎゅうっと丸まったりしていた。

「ディラン様の蜜花は、たいそう感じやすくて反応もいい。お可愛らしいですな」

「そうだろう。すっかり夢中になっている」

「はい。こうして、ここを舐め上げるだけで――」

「…あっ、あっあっ！」

くびれの裏側の部分をそっと舐められるだけで、腰から背中にかけて凄まじいほどの官能の波がぞくぞくと込み上げてくる。

「す、ごい、あっ、そ、こ……っ」

口の端から唾液が零れて伝った。それを背後から愛おしげに舐めながら、ディランが囁く。

「そこが気持ちいいのか？　中も、ずいぶん締めつけてくるな」

「は…っ、あ、いい、いいっ…！　も、イく、また、イくぅ…っ！」

「よしよし。こいつにも甘い蜜を与えてやれ」

身も世もなく喘いでいる時に促されて、佳那は唇を舐めた。

「…っ、吸っ、て、もっ、と……っ」

腰を突き上げるようにして誘うと、男の口の中に含まれ、舌を絡められて音を立てて吸われる。

強烈な快感に、腰から脳天まで一直線に貫かれた。

「あぁぁあっ！」

身体の中から引き抜かれるようにして、たまらずに男の口中に白蜜を吐き出す。すると、ずっと締めつけられていたディランがとうとう限界を迎えたのか、肉洞の中で彼の男根が大きく脈打った。

「カナ、いくぞ、受け止めろ……っ！」

「あ、ひ……っ」

まだ快楽の余韻が引かない状態で、内奥に再び熱い迸りを叩きつけられ、身体が浮くような感覚に襲われた。一瞬遅れて快感がもの凄い勢いで全身に広がってゆく。佳那はもう声も上げられず、ディランの腕の中で仰け反り、震えた。

「――……っ、っ、～っ」

胸を締めつけられるような多幸感が込み上げる。こんなにとんでもない状況なのに。

「カナ……、お前は最高だ。俺の可愛い蜜花――……」

耳元で熱く囁かれる言葉。ひくひくと身悶えしながら、佳那はその声にうっとりと目を閉じ、恍惚の表情を浮かべるのだった。

「怒っているのか、カナ」

「そういうわけではないです」

翌日に部屋を訪れたディランに対し、佳那はまともに彼の顔を見ることができなかった。

宴は皆満足して終わった。ディランの顔も立ったらしい。それはとても喜ばしいことだ。

だが、一夜明けて素面《しらふ》に戻ってしまった佳那は、消え入りたいほどいたたまれない思いに苛まれていた。困っているようなディランに背を向け、決して顔を見ようとはしない。

「いいや、怒っているな」

長椅子に座る佳那の隣に座ったディランは、慌てて顔を背けようとする佳那の肩を抱き、ぐいと引き寄せた。

「怒っていてもいい。顔を見せろ」

「……っ」

自分が今どんな顔をしているのかわからなくて、佳那は焦る。怒っているわけではないが、昨夜のことを思い出すと、今にも逃げ出してしまいたくなった。

（あんなふうになるなんて）

最後のほうはよく覚えていないが、自分がいかにひどい痴態を晒してしまったのかくらいはわかる。

ディランは王として、自分の蜜花の蜜を臣下の者達に分け与えねばならない。それが彼の鷹揚さや寛大さを表すからだ。だから佳那は怒っているわけでも、失望しているわけでもない。もしも失望しているとすれば——それは自分のはしたなさにだ。

「ディランこそ、俺にがっかりしているのではないですか？」

「——俺がお前に？　どうして？」

彼は心底意外だという声で言った。

「昨夜のお前に、何も落ち度などなかったぞ」

「そんなわけないじゃないですか！」

佳那は顔を上げ、ディランをきっ、と睨みつける。これは八つ当たりだ、と思いながら。

「俺はあんなひどい醜態を晒したんですよ」

「ひどい醜態？」

なんのことだかわからないが、と言ってディランは自分の髪をかき回した。だが、やがて何か得心がいったのか、意地の悪い笑みを浮かべる。

「……なるほど。そういうことか」

「――――」

笑われたと思い、佳那は思わず立ち上がって逃げようとした。だがそれよりも早くディランに腕を摑まれ、弾みで彼の腕の中に引き寄せられてしまう。

「あっ」

「お前のそういうところが、俺は可愛くてならない。もう何度も抱いているというのに、慎みを失わず、恥ずかしがっているところが」

「あ――あんなこと、恥ずかしいに決まっているじゃないですか」

思わず発した言葉に、ディランは少し考えるような顔を見せた。

「もしやカナが前にいた世界では、ああいったことは恥ずかしい行為なのか？」

どうやらこちらの世界では、セックスや快楽は、比較的あけっぴろげに行われていることらしい。それに、自分のパートナーにも等しい存在が他の相手と事に及んでも、それほど悋気を感じないということも薄々とだが認識した。

二つの世界の違いに佳那は戸惑う。

「……少なくとも、おおっぴらに行うようなことではなかったかと」

もちろん、あけすけに行為を楽しむ者もいる。しかし、佳那の認識では違うのだ。

「でも、一番恥ずかしいのは俺自身です」

口では堅いことを言うが、あの場で誰よりも快楽を愉しんでいたのは佳那自身だった。それが何よりもいたたまれない。するとディランが言った。

「恥じらうお前は可愛いが、それは気に病むことではない。俺の蜜花なら当然のことだ」

その言葉に、佳那は彼を見つめる。これまでこの世界で過ごしてきて、ある種の選ばれた男達にとって、蜜花というのがどれだけ重要な存在かというのを知ってきたつもりだった。それなのに。

（あんなことぐらいで）

昨夜のことが佳那にとってどれだけ衝撃的だったとしても、それはこの世界ではごく当たり前のことなのだ。元の世界に戻れない、戻らない以上、佳那はここの仕儀《しぎ》に従わなくてはならない。

「わがままを言いました。すみません」

ディランは充分自分を大事にしてくれている。それだけでいいではないか。恥ずかしいのは自分の問題だ。

「あなたの蜜花として、もっとしっかりします」

すると彼は、ひとつ息をつく。佳那にはそれが呆れられているように聞こえて、思わず肩を竦めた。失望させてしまったかもしれない。

「――身体に問題がないなら、少し外に出るか？」

しかし、彼から発せられた声は少し意外なものだった。ディランは佳那の手首を捕らえると、大きな窓へと歩いていく。そこからは庭園が見えた。

「ここから外に出たことはあるか？」

「いえ、ないです」

リゲルにも言われたことがあるが、この窓の向こうは広い庭園になっている。佳那はそこを自由に歩いても構わないと言われた。だが佳那は、この窓の向こうに行ったことがない。なんとなく建物から出ることに抵抗があったし、外でどんな人間に出会うかわからないからだ。佳那はまだ、ディランをのぞけば、同じ蜜花であるロキシーと、世話をしてくれるリゲルくらいしか親しく話す人間がいない。この世界の者が佳那に対してどんなふうに接してくるのか、不安があった。

「なんだ、自由にしていいと言っておいただろう」

ディランは庭園に続く扉を開ける。少しひんやりとした風が肌を包んだ。微かに花の香りをはらんでいる。

「おいで、少し歩こう。この季節は一番見頃のはずだ」

ディランに連れられ、佳那はテラスから土の上に足を踏み出した。この世界に来てから地面を歩くのは初めてかもしれない。なんだか、少し懐かしいような感じがした。

庭園の中はよく整備されており、その中を縫うように遊歩道の石畳が敷き詰められていた。両側に咲いている花は以前の世界で見たことのあるものが多いように思う。なんだか不思議だった。それでも知らない花もあって、佳那は物珍しさに足を止める。

「この花はなんですか？」

「これか？　これはカチュアだ。美しいだろう」

「初めて見ました。……とても綺麗です」

水の色をしたその花弁は、向こう側が透き通っているように見えた。少なくとも以前の世界では、このような花は見たことがない。

「この花が咲くまでには、おおよそ十年はかかる。星読みにお前のことを告げられた時、これを植えさせた。カナに見せたいと思ったのだ」

「え」

佳那がこの世界に来るずっと前から、予言として伝わっていたことは聞かされていた。だが、この男が開花に十年はかかるという花まで植えて自分を待っていたという言葉は初耳だった。

「来たのがお前でよかったと思っている」

ディランの言葉に、花びらに触れていた指先が震える。

「……ディラ、ン――」

振り向きざまに口づけられて、佳那はそれ以上の声を封じられた。唇が重なっていたのはそう長い時間ではなかったが、佳那には永遠のように感じられた。

「……もしかしたら、これからもああいうことがあるやもしれない。おそらくここには、お前がいた世界の常識では計り知れないものがいくつもあるだろう。だが、それでも俺はカナを大事にすると約束しよう」

ディランの精一杯の誠実さと向き合って、佳那は心が激しく揺さぶられるのを感じた。

「……ありがとうございます」

佳那は口元に小さな笑みを浮かべて彼を見上げる。

「あなたの思うままに俺を扱ってください。もう覚悟はできましたから」

蜜花の機嫌など、放って置いてもいいようなものだ。それなのにここまでつきあってくれる彼は、きっと佳那のことを真剣に想ってくれている。それは信じてもいいのかもしれない。

「本当か？」

「……確認されると、恥ずかしいです」

「悪かった」

悪戯っぽく笑うディランの、金色の髪が陽に透けて眩《まぶ》しかった。こんな男に出会う運命だったなんて、誰が思っただろうか。きまぐれな神の偶然とはいえ、自分にはすぎたことだと思わずにいられない。熱くなってくる頬を隠すように佳那が彼に背を向けると、たくましい両腕が包み込んできた。

「昨日の今日だが、またお前の蜜を味わいたくなった」

「……えっ」

佳那の脳裏に、昨夜の狂宴ともいうべき光景が浮かび上がる。その途端に、脚の間がじわっ、と熱くなった。

(俺、どうなって……)

まるで条件反射のように反応する身体。それも、蜜花としての特性なのだろうか。

「だ、駄目です、こんなところでは…っ」

「誰もいない」

建物の壁に押しつけられ、衣服の裾をまさぐられる。急に昂ぶったようなディランに戸惑い、言葉では抵抗を示しつつも、彼が自分を求めてくれることを嬉しいと感じていた。

陽は高く、屋外でそんなことを、と思いつつも、佳那はそれ以上の抵抗ができないでいた。真剣な瞳で見つめられ、顔が近づき、唇が今にも重ねられようとした瞬間に、その声は聞こえてきた。

「ディラン様、どちらにいらっしゃいますか――?」

リゲルの声だ。ディランはそこでぱっと顔を上げると、佳那から身体を離した。佳那はほっとしながらも、心のどこかで少しばかり残念に思っている自分が恥ずかしかった。

「ここだ」

ディランが返事をすると、植え込みの向こうからリゲルが少し息を弾ませながら顔を出した。

「こちらにいらっしゃいましたか」

「どうした」

「ミタル宰相が、至急確認したいことがあるそうです」

ディランは肩を竦めてため息をつく。

「奴は俺の貴重な休憩時間をなんだと思っているんだ」

ぼやくディランに、リゲルは佳那のほうに目を合わせてから、肩を竦めて苦笑した。

「お仕事なら早く行ってください」

佳那は慌てて促す。彼の邪魔にはなりたくなかった。ディランは腰に手を当てて佳那のほうを見つめ、大きく息をつく。佳那はそんな彼に小さく微笑んでみせた。

「お先にどうぞ。一人で帰れますから」

「……大丈夫か？」

「もう少し散歩をしてきます」

実際、この庭を歩いているのは気分がよかった。今しばらく外の空気を吸っていきたいと思い、佳那はディランを促す。

「そうか」

彼は少し心配そうな顔をしたが、やがてリゲルと共に戻っていった。一人残された佳那は、この不思議な庭園を再び歩き始める。

覚悟を決める時間が必要だと思った。

ここは、元いた世界とは常識や考え方がやや違う。外国に来たものだと思えばいいのかもしれないが、下手に言葉が通じるだけに前と同じと思い込んでしまいがちなのだ。

(以前とは環境もまるで違うのに)

何より、ディランと出会えたことが佳那にとっては重要だった。彼の役に立ちたいし、彼が必要とするならいくらでも蜜を与えたい。その方法を思い浮かべると身体が熱くなってしまうのだが、それもまた佳那にとっては悦びなのだ。それはもう、否定しようがなかった。

けれどそうなってしまうのは、単に蜜花としての本能だけではなく、ディランに対し、思慕の念を抱いているからだと思う。だって、あんな経験や、言葉や態度を見せられたら、好きになってしまう。さっきだって彼のためを思って自ら離れたけれども、本当はもっと側にいたかった。

(欲深くなっているな)

欲しがっているのは身体だけではない。ディランの存在を、佳那は必要としているのだ。

はあ、とため息をつき、佳那はふとあたりを見回す。

「……ん？」

さっきまで続いていた庭園の景色が変わっていた。花や生け垣の道が途切れて、なめらかな石が敷き詰められた通路が目の前に延びている。考え事をして歩いているうちに、どこかへ出てしまったのだろうか。

――ここはどこだろう。

城の、表側に来てしまったような気がする。あの庭園がこちらのほうへ繋がっていたなんて思わなかった。佳那は慌てて戻ろうとしたが、方角を見失ってしまったらしく、帰り道がわからなくなった。

「……困ったな……」

いつまでも戻らないと、ディランが心配するかもしれない。たった今彼の役に立ちたいと思ったばかりなのに、こんなことでは先が思いやられる。

うろうろとあとりを歩き回っていると、前方から誰かが歩いてくるのが見えた。四十歳くらいの男だ。官服のようなものを着ている。役人か、ディランの臣下だろうか。

声をかけて道を聞こうか迷っていると、向こうのほうが気づいて佳那に話しかけてきた。

「んん？　君は……」

「佳那といいます。ええと、ディラン様の――」

「……ああ、陛下の蜜花様か。異世界から来たという」

男は佳那の服装を見て、蜜花だと認識したようだった。

「ここは公の仕事を司るところだ。蜜花様の来るところではない」

あからさまに歓迎されない空気を出されて、佳那は一瞬怯《ひる》む。やはり蜜花は、陽の当たる存在ではないということか。

「すみません。庭園を散歩していたら、いつの間にかこちらに出てしまったんです。帰り道を教えていただければ、すぐに行きます」

慌ててそんなふうに言うと、男は指を差して方向を教えてくれた。

「あそこに見える、黄色い花の咲いている木のところを右に曲がる。少し行くと噴水が見えるから、そこを越えて行くといい」

憮然《ぶぜん》としながら説明する男の言葉を呑み込んで、佳那は頭を下げる。

「ありがとうございました」

早くここを立ち去ったほうがいい。佳那は男にお礼を言って、その場を後にした。ちらりと後ろを振り返ると、男はまだ佳那を見ている。その視線に、何かひやりとしたものを感じて、足を速めた。

図書館で本を読んでいると、ロキシーが入ってきて佳那を見つける。

「カナ」

彼は軽やかな足取りでやってくる。『あの夜』からまだ数日しか経っていないが、長い髪を靡かせて歩くロキシーにあの時の艶めかしい姿を重ねてしまって、思わず目を逸らしてしまった。

「ここにいると思った。……どうかした？」

「いや、別に」

彼はなんとも思わないのだろうか。お互いに、口に出すのも憚《はばか》られるような姿を見られてしまっているというのに。

「ああ……なるほど」

そんな佳那の様子に、ロキシーは何かに気づいたように意味ありげに笑った。

「気にすることないよ。アレが蜜花の仕事なんだし。ああいうことはこれからちょくちょくあるから、いちいち気にしていても仕方ない」

「そういうものか？」

「みんな慣れていくけどね。けど、カナのそういう恥ずかしがりなところがディラン様は可愛いと思っているんじゃないの？」

まさに同じことを言われた記憶のある佳那は、わかりやすく赤面した。向かい側に座っているロキシーは、そんな佳那をひとしきりからかってから、急に真面目な顔になった。

「――少し、身の回りに注意したほうがいい」

「……どういうことだ？」

ロキシーの表情と口調から、これはからかっているわけではないということがわかる。けれど突然言われた言葉が理解できず、佳那は彼に問い返した。

「ディラン様の蜜花を異世界から迎えることに反対している勢力がいるんだ。といっても、カナはもうここに来てしまったから、しばらくは大人しくしていたみたいなんだけど……」

この国の王であるディランには、この世界、このコードウェルからしかるべき蜜花を選ぶべきだ。いくら星読みの予言とはいえ、そんなどこの者かもわからない輩《やから》に、一国の君主の蜜花は任せられない。王宮の中には、以前からそんな勢力が存在しているという。

「もちろんディラン様は星読みの予言通り、カナを待っていた。そんな奴らの言葉には耳を貸さなかったけどね」

「――……」

佳那は思い出した。庭園を案内された時にディランに教えてもらった、透き通った花弁を持つ花のことを。

彼はあの花を、佳那に見せるために植えさせたと言った。あの時の、すごく嬉しかった気持ちを今でも鮮やかに思い出すことができる。だが。

「それも、理解できる話ではあるよ」

「何言ってるんだ。カナを迎えることは託宣《たくせん》により決まっていたんだ。もっと胸を張らないと駄目だよ」

佳那の言葉に、ロキシーは怒ったように言う。

「反対派がまたこっそりと集まっているらしいって教えてくれたのはアゼルス様だよ。ディラン様にも報告するけど、カナに直接教えてやれって言われてきたんだ。僕だって、カナに何かあったら嫌だよ」

「……ありがとう」

この世界に来てからの初めての友達にそんなふうに言われ、佳那は微笑んだ。

「充分気をつけるよ。……っていっても、どう気をつけたらいいのかわからないけど」

「大丈夫だよ。ディラン様が守ってくださる」

だがその言葉に、佳那はふと眉を寄せる。

「ディラン様に頼ってばかりじゃ、負担になってしまう」

「そんなことない。蜜花を守るのは、雄蜂の役目なんだから」

そういうものだと言われても、佳那の胸には釈然《しゃくぜん》としないものが残った。ただでさえこの世界のことを知らず、ディランには手間をかけさせている。この上佳那の身の安全まで守らねばならないとしたら、彼の役に立つどころか、足手まといになるのではないだろうか。

不安が佳那の中でゆっくりと渦を巻く。子供の頃から否定されて育ち、せっかくこの世界でやり直そうと思ったばかりなのに、自分はまた大切な人に疎まれてしまうのではないだろうか。

「カナ！」

強めに名前を呼ばれて、佳那ははっとして視線を上げる。ロキシーが心配そうな顔をしてこちらを見ていた。

「何も心配することないよ。反対派が妙な動きをすれば、ディラン様がすぐに対処してくださる。アゼルス様も動いているし」

「――――そうだね。ありがとう」

心配しているのは、そのことではないのだ。元気づけてくれる友人に感謝しながらも、佳那の心はずっとそればかりを考えていた。

「お前には少し、不自由な思いをさせなければならなくなった」

その日の夜、部屋を訪れたディランが申し訳なさそうに佳那に告げた。なんのことなのかわかっていた佳那は、小さく微笑んで頷く。

「ロキシーから聞きました」

「聞いたか」

「はい。俺のせいで……、迷惑をかけてすみません」

「お前が謝ることではない」

ディランはそう言って、佳那の髪を撫でた。

「王宮の中の者達をうまく説得できなかった俺の力不足だ。星読みの託宣から何年もあったのに、奴らを納得させることが叶わなかった」

「そんな」

佳那は首を振る。ディランにそんなことは言って欲しくなかった。

「お前のことをよく思っていない者達がいるのは本当だが、それだけでその者達を処分することはできない」

「当然のことです」

ディランは口元に苦々しい笑みを浮かべる。

「だが、俺はお前を守らねばならない。そのために、お前をしばらくの間この部屋から出してやることができなくなった」

「――――」

先日ディランと歩いた庭園、友達のロキシー。美しい王宮の建物。そんなものが、佳那からしばらく遠ざけられるという。

「許せよ」

「……とんでもないです」

詫びるディランに、佳那は慌てて首を振った。

「俺がふらふら出歩いていたら、あなたも気になるでしょう。俺なら平気です。ここであなたを待っていますから」

「……カナ」

次の瞬間、佳那を浮遊感が襲う。ディランの両腕に抱き上げられ、寝台に運ばれているのだと知った。背中に柔らかな感触が当たる。

「すまない、カナ。できるだけ早く手を打つことにする」

「無理しないでください」

重なってくる身体から伝わる熱さが、佳那を安堵させた。たとえここに閉じ込められるとしても、このぬくもりがあれば生きていける。

蜜花の本能が、情事の予感に肉体を疼かせた。ディランはそんな佳那の両脚の間に、自らの身体を割り込ませてくる。そして目元を朱に染めて瞼を伏せている佳那の耳元に囁くのだった。

「―――せめて、こうしてお前を悦ばせることとしよう」

「あっ」

腰の中心を押しつけられ、灼熱のような塊の存在を感じて、佳那は背中を反らす。ざわっ、と全身が総毛立ち、興奮のスイッチが入った。

「こうされるのが好きになったか？」

衣服を乱されながら問われて、佳那は震えながら頷く。もとより、最初から嫌ではなかったのだ。ただ状況に戸惑い、羞恥に苛まれていただけで。

こんなに丁寧に抱いてくれる人は、他に知らなかったから。

「カナは、抱く毎に淫らになっていって、俺もたまらない。虐めたくなるのを押さえるので必死だ」

「……あ、いい…です、虐めても……」

きっとディランにならば、どう扱われても悦んでしまうだろう。自分に迫っているという身の危険も、今はどうでもよかった。佳那は彼に抱きしめられただけで、蕩けてぐすぐずになってしまう。

「あまり可愛いことを言うな」

両腕を開かれ、寝台の上に縫い止められて、肌も露わになった肢体を見下ろされた。

「俺がどんなにお前に欲情しているのか知らないだろう」

普段は優しいディランの瞳の奥にぎらついた光が宿る。佳那はそれを見る度に、彼に執着されているような気がして身体中が痺れてしまうのだ。

蜜花にとって、欲情されることは何よりの悦び。佳那は誰に言われずとも、本能でそれを知っていた。

噛みつくような口づけに襲われ、口を開くとすぐさま熱い舌が絡んでくる。

「んんっ」

敏感な口腔の粘膜を舐め回されている感触に、背中がぞくぞくと震えた。まるで熱を出した時のように、肌の感覚が鋭くなっている。

「ん、んっ……はっ……」

脚の間からじわじわと快感が込み上げてきて、佳那の腰が揺れた。ディランが自身のそれを、佳那のものに押し当て、擦りつけている。もどかしい快楽に煽られて、もっと刺激が欲しいと腰を突き上げた。

「だいぶ欲しがるようになったな」

淫らになったと言われ、佳那は消え入りたくなる。それなのに、身体の奥が焦げつきそうに熱くなった。興奮しすぎてしまって、性感帯が痛いほどに疼く。

「可愛い奴だ」

「んんっ……、あぁあ…っ」

乳首を摘まれ、指先で優しく捏ねられて声が漏れた。そこは物欲しげに尖って、乳暈からいやらしく色づいている。

「そ、こ、あ、ああ、あぁあ……っ」

弾かれる度に、くすぐったいような、痺れるような快感が乳首からじゅわじゅわと生まれて、身体中に広がっていった。乳首の中に快感を溜めておく芯のようなものがあって、そこを摘まれると強い刺激が込み上げる。佳那は顔の横の敷布を摑み、あっ、あっ、と声を漏らしながら仰け反って震えた。すると、股間で感じるディランのものがますます硬く、熱くなるのがわかる。

(おおきく、なってる)

彼が佳那の身体で興奮してくれているという事実が、ひどく嬉しかった。佳那もまた、欲望が体内で捩れ、ヒクついているのを感じる。乳首を舌で転がされ、しゃぶられると、泣くような声を上げてしまった。

「んぅ、あっ、あっ、はぁあ……んんっ」

痺れて、蕩けて、快感が弾ける。頭の中はもういやらしいことでいっぱいになっていた。

「お前をここに閉じ込めておくことに、喜びを感じている俺がいる」

荒い息を吐きながら、ディランがそんなふうに言う。

「こんなことを思うなど、初めてだ……。これが独占欲というやつか」

ふふ、と低い声で彼は笑った。

「悪くない」

「んあ、ぁあっ」

ふいに乳首に歯を立てられ、その鋭い感覚に佳那は悲鳴じみた声を上げる。そのままぬるぬると舐め回されて、頭の中が白く濁った。

「んんっ…、あ――…」

乳首への刺激がそのまま股間へと繋がり、脚の間にもはっきりとした快感が走る。ディランを迎え入れた佳那の両膝は次第にもっと大きく広がっていき、彼の熱塊と触れ合った腰を、もどかしげに揺らし始めた。

「っ、ん、んん、も、もう、濡れ――」

自身の先端が、ぬるりと蜜を湛える感覚がする。早くそこを舐めて欲しくて、佳那は羞恥に耐えながらディランに訴えた。

「濡れてきたか?」

「っ――――」

恥ずかしさに、今にも泣きそうになりながらこくこくと頷く。

「見せてみろ」

「っ……」

より恥ずかしいことを指示されて、佳那は息を呑んだ。だが震えるその手は従順に下帯を解き、すべてをディランの目の前に晒してしまう。そこに彼の視線を感じた時、耐えられなくなって横を向いた。

「とても刺激的な眺めだ」

「ああっ……」

見られている感覚が、鋭敏な部分に絡みつき、舐め回されているようだった。佳那のものは先端を濡らしながらはしたなくそそり立ち、蜜口から愛液を滴らせている。ぴくぴくとわななくそれは、早く吸って欲しいと泣いていた。

「舐めて欲しいとねだっているようだぞ」

ディランの指が根元に触れる。その途端、腰がくん、と浮いた。我慢できなくて、尻が浮いて

しまう。

「そう焦るな」

たっぷりと舐めてやるから。そう言って、彼は佳那のものを口に含んだ。

「ア、ん――――…っ」

鋭敏なものが、熱く濡れた感触に包まれる。それだけで腰骨が痺れてしまいそうだった。肉厚の舌にゆっくりと絡みつかれて吸われると、この時点で佳那はもう感じすぎて泣きそうになってしまう。

「ああ…ああ…っ、あああぁ……っ」

「……味わう度に、お前の蜜は甘くなっていくな」

ディランの舌が、あふれ出る愛液をすべて味わおうとするように、肉径のいたるところを這っていく。それが気持ちよくてたまらない佳那の腰は、勝手に動こうとしていた。

「ふ、あ、そ……こ…っ、ううっ、ああっ…!」

「こら、じっとしていろ」

はしたなく揺れる腰を、たくましい腕で抱え込まれる。そうされると佳那はろくに身を捩ることもできず、強すぎる快感を耐えることしかできなくなるのだ。そしてディランが時折そこから舌を離し、脚の付け根をちろちろと舐め上げると、もどかしさに全身が震えてしまう。

「はあ……ああっ…、――――あ、ひぃいっ」

佳那の身体を、いきなり快楽の槍が貫いていった。

焦らすような愛撫で可愛がっていたディランが、ふいに佳那の先端に吸いつき、音を立てて吸い上げてきたのだ。

「んぁぁあぁっ、あ、く、ひ…ぃっ」

脳に刺し込むような刺激に、上気した肢体が大きく仰け反る。最も鋭敏な蜜口を舌先で穿られ、佳那はもう泣き喚《わめ》くしかなかった。

「あ、あ――――っ、うあ、んひぃい…っ」

「カナの最大の弱点はここだな。そら、ここをこうして……」

ディランが指先で先端を広げ、蜜口を剥き出しにする。そうして優しく舐め回されるのだが、それは快楽の責め苦に他ならなかった。快感が強すぎて、どうしていいかわからない。ディランの濡れた舌でそこを撫でられる度に、身体の芯がきゅうきゅうと疼いた。

「あ、ゆる、し…っ、そこ、広げな…でっ、イ、くぅ……っ」

「我慢しろ」

蜜花が感じれば感じるほどに蜜は極上なものとなる。だから雄蜂は、蜜花の身体をじっくりと愛撫するのだ。佳那はそれを思い出して、神経を灼くほどの快感に耐えようとした。だがすぐに泣きが入ってしまう。そもそも佳那の肉体は快楽に弱く、本来はほんの少しの刺激にも耐えられはしない。この男に、そんなふうにされた。

「俺に、もう少しお前を堪能させろ。……まだ可愛がり足りない」

「ああっ……、そんなっ…、あぁぁんっ」

ディランは蜜口を虐めることはやめてくれたが、先端の外周をゆっくりと舌で辿り始める。びくっ、びくっ、と腰が勝手に跳ねた。根元は彼の指先でくすぐるように愛撫されて、また愛液があふれ出る。

「い、イく、いくっ、も、吸って…くださ…っ、あぁあっ」

佳那が我を忘れてねだると、ディランはそこからやっと舌を離してくれた。

「……そうだな。そろそろもらおうか」

イかせてもらえる。そう安堵した時、腰から下に凄まじい快感が走った。ディランが佳那のものを口に含み、舌をきつく舌を絡ませながら吸い上げてきたのだ。

「んはぁあぁあっ」

何度経験しても慣れない快楽。左右に大きく広げられた内腿に、激しく痙攣が走る。暴力的なほどの絶頂。佳那はディランの口中に、その白蜜を思いきり弾けさせた。

「あっ、ひっ……、うぅ」

「……ん」

ディランは、口の中にたっぷりと放たれた蜜花のそれを、いつものように飲み下す。

「……今日も満足のいく味だったぞ」

「……っ」

精液がそんなに美味なわけがないのに、蜜花となったことで変化しているのだろうか。佳那には理解できない感覚なので、そんなふうに言われると戸惑いを隠せない。恥ずかしいような、照れるような、けれどもディランに褒められたことが嬉しい、どうにも説明できない気持ちになる。

「…ああっ…」

名残惜《なごり》しげに、後始末をするように舌を這わせられて小さく声が漏れた。その舌が双丘の奥へと忍んできて、ぴくりと腰が震える。

「ふ、うぅっ」

後孔の入り口を舐め上げられ、ぴちゃり、と音がした。これまでに何度も男を受け入れ、快楽を得る場所に作り変えられてしまった器官が、ひくひくと蠢いてしまう。縦に割れてしまったそこは、これから味わうであろう快感を待ちわびるように悶えていた。

「あ、ああ……うう……っ、っ、あっ、あぁっんんっ」

唾液を中に押し込まれて、肉壁がじんじんと疼く。今度は佳那が雄蜂の精を受け取る番だ。その期待に、肉体は弥《いや》が上にも震えてしまう。

「俺のことを待っているようだな」

「っ、んっ、あっ」

下腹の奥がきゅうきゅうと引き絞られた。早くここに、彼の太くてたくましいものをねじ込んで欲しい。そして奥まで突き上げて、抉って――――。そんな渇望《かつぼう》に襲われて、舌でねぶられる後孔をひっきりなしに収縮させていると、ディランが身体を起こし、佳那の両脚をもっと押し広げてきた。構える間もなく、熱い凶器がそこに押し当てられる。

「んぁっ」

肉環がこじ開けられて、太い男根の先端が挿入《はい》ってきた。押し広げられる感覚に感じてしまって、佳那の背中が反り返る。

「あ、う、あ――――、あっ、あぁ…っ」

「どうだ、感じるか……?」

佳那の反応を見ればわかりきっていることなのに、ディランはそんなふうに問いかけてきた。痺れて力が抜ける指先で必死にシーツを握りしめながら、挿入の快感を全身で味わう。

「あ、い、いい――――、きもち、いいっ……」

ディランの一番太いところが、佳那の肉洞を容赦なく押し進んでくるのがとてつもなく悦いのだ。やがて奥まで達した男根が、ゆっくりと前後に動く。内壁が淫らに擦られ、身体が浮き上がりそうな快感が襲ってきた。

「ふ、あ…っ、ああっ、んっ…く、くうぅ……っ」

「ああ――、よさそうだな。俺も、いいぞ……」

ディランが満足げな熱い息をつきながら、抽送を繰り返す。それは徐々に大胆になり、速さと深さを増していった。佳那は奥に当てられる度に、高い嬌声を漏らす。

「あっ……あっ、そこっ…、ふぁあっ！　か、感じ……るっ……！」

「……ここだな？」

弱いところをぐりぐりと抉られて、頭が真っ白になった。

「あああ、そこ、イく、いっ…くうぅ……っ」

「よしよし、何度でもイっていいからな」

大きな手で頭を撫でられ、覆い被さってきた彼に口を吸われる。絡んできた舌に喘ぐ声を奪われながら、佳那は全身をわななかせながら絶頂に達した。

「んふぅう、んん――…っ」

びくん、びくんとのたうつ身体を押さえつけられ、更に容赦なく中を穿《うが》たれる。イっているのに構わずに続けられる抽送に、佳那は死ぬほどの快楽を味わわされて涕泣した。

「ひ、い……っ、あ、ひ…っ」

快感がすぎて、だめ、だめ、と譫言《うわごと》のように喘ぐ。無意識に逃げを打つ身体を引き戻されてまた奥まで突き上げられて、内部にいるディランをきつく締め上げた。彼が短く呻く声が降ってくる。

「……お前のための精だ。今日も一番奥で出してやる」

「っ、あっ、あぁぁあ……っ」

嬉しい、と、佳那の全身が訴えていた。いつも内奥で放たれる、彼の熱い飛沫《ひまつ》。

「…っくださ……っ、はやく、あついの……っ」

「……カナ……っ！」

ずうん、と一際大きな律動が来た。まるで脳天まで突き抜けるような快感に貫かれ、佳那は声もなく仰け反る。下腹が痙攣して、凄まじいほどの極みが訪れた。

「――――あ、あ――――～っ、……っ！」

「く……っ！」

肉洞の奥にどくどくと濃い雄の精が注ぎ込まれる。夥しいそれは佳那の下腹を満たし、繋ぎ目からあふれるほどだった。媚肉を濡らされる感触は蜜花である佳那には耐えられないほどに悦くて、達したのにまた続けてイってしまう。

「ふああ…っ！　あぁぁあ……っ、な、なか、出されると、イくぅぅう……っ！」

泣きながら快感を訴え、自分を犯す男にしがみつく。熱い筋肉と抱きしめてくる腕の強さに興奮はますます募るばかりだった。

「ん、んふ、あぅう……っ」

嚙みつくように口を奪われ、舌を吸われて震えるように喘ぐ。ディランも自分も、肉体の熱がおさまるまでには、まだまだかかりそうだと思った。


それからの数日間、佳那は時間の流れがよくわからなくなっていた。ディランは外敵の脅威から守るために佳那を閉じ込めるように奥の部屋に隠し、出入りする人間を大幅に制限させている。部屋に入れるのはディランとリゲル、そして特別に許可を得た数人の者達だけだった。

「すまないな、カナ、お前の心が安まるよう、なるべく早く王宮の楽士や吟遊《ぎんゆう》詩人を手配してやる」

身体を重ねた後の気だるい時間の中、ベッドに俯せて呼吸を整えている佳那に向かってディランは告げる。

「……気にしなくていいです」

彼は佳那の身を案じてくれているのだ。外にも出られず、こうしてディランが訪れるのを待ち、抱かれるばかりの生活だったが、佳那には不満はなかった。大切にされているのはわかる。それに、彼のことだけを考えていられる日々は、正直心地がよかった。

「そのうち信用できる商人を呼んで、お前の気に入ったものを選ばせよう」

ディランの指が、佳那の黒髪を梳く。だいぶ伸びたそれは、彼の手をさらさらと零れていった。

「――――己の蜜花一人、周りに納得させることができない情けない男だと思っているか？」

ふいにそんなことを言い出した彼に、佳那は驚いて顔を上げる。

「そんなこと」

どこか自嘲するような表情を浮かべているディランに、佳那は首を振った。

「あなたの立場というものもあるでしょう。俺はこうして、ディランの蜜花としていられるだけで充分です」

「カナ」

「だからどうか、無理はしないでください。あなたの負担にはなりたくない」

佳那は次の瞬間、またベッドに押し倒された。ディランの鍛えられた肉体が覆い被さってくる。

「負担を強いているのは俺のほうかもしれんぞ」

脚を開かされ、さっきまでさんざんしゃぶられた股間のものを軽く握られた。

「んんっ」

どれだけ責められても、こうして愛撫されると、佳那の身体はいくらでも彼に応えてしまうのだ。勃ち上がり始めたものを弄ばれて、また息が切なく乱れる。

「また舐めたい。涸《か》れることないお前の蜜を、俺に与えてくれ」

「んん……あぁ……、好きなだけ、舐めて、くださ……」

佳那は両の膝を開き、ディランの前にその部分を晒す。すでにたっぷりと吸われたそれは、赤く充血して濡れていた。今日も数えきれないほどイかされたのに、快楽への期待で鼓動がどくどくと脈打つ。自分の股間に伏せられていく金色の頭を、佳那は胸を喘がせながら見つめていた。

「ああ……っ」

ぬるり、という感触と共に、肉茎がまた熱い口中に包まれる。もう我慢などとっくにできるはずもなく、優しく吸われると啜り泣いてしまった。

「ここを吸われて、もう何度もイって……どんな感じだ？」

「あ、は、ううっ、……気持ち、いい……っ、あっあっ、こし、しびれ……っ」

根元から裏筋を舐め上げられ、腰骨が熔けてしまいそうだった。頭の中が蕩けて、快楽を求めること以外何も考えられなくなる。

（堕《お》ちていきそうだ）

ふしだらな日々の中、自分が堕落していくのではないかという気持ちが湧き上がる。

けれどこの快楽に抗うことは、今の佳那には、ひどく難しいものだった。


「……さすがにまずい気がする」

「何がですか？」

身体を洗って寝室に戻ってくると、リゲルがベッドを整えていた。昨夜もディランが訪れて、朝方までここで絡み合っていた。ついさっきまでめちゃくちゃになっていたリネンはすっかり取り替えられ、清潔に伸ばされている。

「ここに籠もって、もう何日になるのかわからなくなった」

「半月というところでしょうか。カナ様には退屈でしょうが、もうしばらくの辛抱ですよ」

テーブルの上に冷たい果実水が置かれた。それを手に取りながら、佳那は居心地が悪そうにリゲルから視線を逸らす。そもそもこんなにベッドを乱してしまった原因はあからさまなのだが、リゲルは当然のように自分の仕事をこなしていた。佳那としては、それを他人にやらせてしまうのも心苦しい。以前の世界とは違うとわかってはいるが、どうしても気恥ずかしさは拭えなかった。

「それはいいんだ。けど、こうもしてばっかりだと……」

言葉を濁す佳那に、リゲルは事務的な口調で答える。

「カナ様は蜜花の仕事を立派にこなしていらっしゃるんです。仕事熱心なのはむしろ褒められることですよ」

「わかっている。けれど、なんだか頭の中が馬鹿になっていきそうなんだ」

これが自分の役目だということもわかるし、ディランに抱かれるのが嫌なわけではない。むしろ溺れきってしまいそうだから怖い。最初のうちは、ここにいてディランが来るのを待っているだけでよかった。今もその気持ちには変わりはない。しかし、極端に人との接触を控えているのは思いのほか応《こた》えた。ロキシーにもうずいぶん会っていないように思える。

「けど、わがままだよな」

身に危険が迫っているというのに、外に出て誰かと話したいだなんて、ディランやリゲルを困らせるようなことをするつもりはない。結局は佳那が我慢するしかないのだ。

「本日の午後に、ここに商人をお呼びする予定です。いろんな珍しい品物が見られますよ」

「本当か？」

「ええ。ディラン様がおっしゃっていました」

外の人間と話せれば、気分転換になるだろう。そうすれば、この倦《う》んだ頭の中も少しはすっきりするはずだった。

「ですので、もう少しの間、堪えてください」

「わかってる。すまない、リゲル」

「カナ様はがんばってらっしゃいますよ」

そう言うリゲルに、佳那は小さく笑ってみせる。用を済ませたリゲルが行ってしまい、部屋に残された佳那はため息をついた。窓辺に近づき、美しく整えられた庭園を眺める。だが、窓を開けて外に出ることは控えるように言われていた。佳那はその言いつけを守り、陽に照らされた庭を部屋の中から眺める。

「――ふう」

身体の中はまだ熱を持っているようだった。ディランのことを思うと、胸の中が甘苦しくなる。あの人を求めている自分がいる。無聊《ぶりょう》くらい耐えなくてはと自分に言い聞かせた。

すると、庭園の中から突然人が現れて、佳那は驚いて後ずさる。

初めて見る顔だ。この国の者とはどこか違う、見慣れない異国風の服を着た男だった。

「――誰ですか」

警戒を露わにする佳那に、男は面食らったような、困ったような顔をする。それから居住まいを正し、佳那に対して深く一礼をした。

「私は商人のアズマという者です。本日はカナ様にお目通りする予定でした」

では、リゲルが言っていた商人というのはこの男のことだろうか。

「――聞いています。けれど、どうしてそんなところから？」

「恥ずかしながら、道に迷ってしまいまして。こんな広いお城は初めてなものですから」

それを聞いて、佳那は以前に自分もここで道に迷ってしまったことを思い出した。初めて来る者なら、迷っても無理もないかもしれない。

「そうでしたか。ではどうぞ」

佳那は窓の鍵を外し、男を部屋の中に招き入れた。

「これは申し訳ありません。ありがとうございます」

男は大きな鞄を持っていた。佳那の興味は、その鞄の中へと向けられる。

「カナ様は、なんでも遠いところからやってこられたとか」

「ええ、まあ」

男は床に鞄を置き、中のものを取り出し始めた。織物や小さなランプ、いい匂いのする石鹸《せっけん》など、美しい品物が目の前に並べられる。その中で佳那の目を引いたのが、地図だった。

「これは、この大陸の地図ですか？」

厚手の紙に描かれたそれは、陸地や街道などが精緻《せいち》に表されている。

「さようでございます。コードウェルの首都がこちらになります」

男が指し示した場所を、佳那は覗き込んで見る。こちらの世界の大陸はこのようになっているのか。他に書き込まれている都市の場所も、よく眺めたいと思った。これから自分が暮らす世界なのだ。

「カナ様は、どうやってこちらにやってきたのですか？」

男に訊ねられて、佳那は返答に迷った。まさか元の世界で猫を助けて事故に遭い、おそらく自分は死んだのだが、その猫が実は神でこちらの世界に送り込まれたなどと、言っても信じてはもらえないだろう。

「――――それが、自分でもよくわからなくて」

だが会話に飢《う》えていた佳那は、男との話を続けた。

「わからないとおっしゃると？」

「神様に連れてこられたんです――――って言っても信じないですよね」

「ほう、神に」

「最初は適当に放り込まれたのかなと思ったんですが、実は最初から決まっていたのかもしれないと思うようになって」

「なるほど。――――それでは、色々とご苦労もあったことでしょう」

男はさすがに商人というだけあって、話を聞き出すのがうまかった。佳那はついつい、もう少し話してみたいと感じた。

「それはまあ、前にいたところとはぜんぜん違いますし。でも、皆さんよくしてくださいます」

佳那は地図を手に取った。

「すみません、こちらをいただきたいと思――」

顔を上げた瞬間、鼻から口にかけて湿った布を押し当てられる。もろに息を吸い込んでしまい、強い薬草のような匂いが鼻をついた。それと同時に、頭の芯がくらりと揺れる。見開いた目に映る男の像が、ぐにゃりと歪んだ。

「――っ！」

いったい何が起こったのか、佳那には一瞬理解できなかった。ただ、急速に意識が遠ざかっていくことだけはわかって、身体から力が抜けていく。

騙《だま》された、と思った時には、すでに暗闇の中に落ちていった。


重たい泥のような眠りの中から、意識が徐々に浮上していく。喉が詰まったような感じがして低く呻くと、いささか乱暴に頬を叩かれた。

「っ……」

痛みに思わず目を開けた時、目に映ったのは薄暗い部屋だった。霞《かす》んだ視界が鮮明になっていくにつれ、佳那の周りに何人かの人間がいることに気づき、ぎょっとする。

そういえば、自分は何か薬のようなものを嗅がされ、意識を失った。それからどうなったのか。

「気がついたか」

一人の男が、佳那に声をかけた。それは、部屋を訪れたあの商人だった。

「商人に身をやつし、入り込むまでは苦労したが、接触してしまえば容易《たやす》かったな」

「……あなた方は……」

起き上がろうとして、佳那は自分の両腕が寝かされているベッドに繋がれていることに気づいた。佳那を攫った彼らは、異世界からの蜜花を良しとしない一派の者なのかもしれない。

「これが異なる世界から来た蜜花か。近くで見るのは初めてだな」

「珍しい髪と瞳の色だ」

「なるほど、美しいには美しいが、さて……」

「いくら見目が良くとも、どこの者かもわからぬ蜜花など、王にふさわしくない」

彼らは佳那を前にして好き勝手なことを言い続けた。

「そもそも、本当に別の世界などからやってくるわけがなかろう。星読みの予言などあてにならん」

「そうだ。言え。お前はどこの国からやってきた者だ？」

彼らは、佳那がどこか別の国からやってきてディランに取り入り、蜜花となって王宮に入ったと思っているらしい。佳那は強く首を横に振った。

「俺は、本当にここことは違う世界からやってきました。日本という国です」

「ニホン？　聞いたことがない。でたらめを言うのはよせ」

だが男達は取り合わない。

「しかし陛下はこの蜜花を大層気に入っておられるようじゃないか。お披露目の宴に出た臣下達は、蜜を分けてもらったそうだぞ。それも極上だったそうだ」

「いくら極上であっても、何者かもわからない蜜花など危険で陛下のお側には置けない。王の蜜花は、この地で正当に躾けられた者であるべきだ」

「俺は、ディラン様に危害を加えたりなどしない！」

佳那は必死で訴えた。わけもわからずに蜜花にされたが、今は彼のことを大切に思っている。彼が佳那を大事にしてくれていることが、痛いほどにわかったから。

「ディラン様に何かするなんて、考えたこともない」

「なるほど、お前の言うことはよくわかった。だがな、こちらはそうはいかないのだよ」

「陛下がお前に夢中になっているのは、蜜花として優秀だからだろう？　それなら、枯らしてしまうといい」

男の言葉に、何か不穏なものを感じた佳那は眉をひそめた。

「雄蜂以外の精を注ぎ、蜜を濁らせてしまえばいい」

「――――……っ」

自分の息を呑む音が、ひゅっ、と聞こえる。男達が自分に何をするつもりなのか、わかってしまったからだ。

「宴に出た者から聞いたぞ。お前は大層淫乱だそうじゃないか。蜜花は皆そういった傾向があるが、お前は特別だという」

男の一人に顔を近づけられ、佳那は顔を赤らめて目を逸らす。

「私達が、お前を穢してやろうじゃないか」

「……っ嫌だ」

佳那はどうにかして拘束を振り切ろうと手足をバタつかせた。けれどなめし革のようなもので縛られ、びくともしない。

「陛下に対して操を立てようとでもいうのか？　殊勝なことだな」

「諦めろ。お前が蜜花なら、快楽に勝てるはずがない。せめて愉しむことだな」

男達の佳那を見る目が、より欲望に満ちていくのがわかった。乱暴に衣服を剝ぎ取られて肌を露わにされる。

「やめろっ！」

「以前から思っていたが、不思議な肌の色だな」

「しかしこの感触。吸いつくようだ。陛下はよほどお前のことを手放さなかったらしいな」

男達の乾いた手が身体中に這わされた。鳥肌が立つような感触に、佳那は必死で身を捩る。こんな卑劣な手で拉致《らち》するような奴らに何をされても、反応などしたくなかった。

「んあっ」

だが、彼らの言う通り、蜜花の肉体は刺激を与えられれば反応してしまう。乳首を摘ままれ、こりこりと捏ねられると、そこからじん、とした心地よさが湧き上がってきた。

「ここか？」

「そら、こっちもだ」

「あっ、やっ、んんっ！」

左右の乳首を指先で転がされ、弾かれて、佳那は声を我慢することができない。それどころか、びくびくと身体を震わせて、背中と喉を仰け反らせてしまう。

（そんな）

自分の身体の反応に、佳那は絶望した。けれど嘆いている暇もなく、男達の愛撫はいたるところへと伸びていく。

「あ、ううっ……、ふうっ」

「乳首がどんどん膨らんで、尖ってきているぞ」

「くぅ、んんっ」

乳首を軽く突かれるだけで、胸の先から痺れるような快感が広がっていった。肌はたちまち汗を浮かべて火照り、震えが止まらなくなる。

「や、め、やだっ……あ、ああっ」

「どれ、身体中を弄ってやろう。感じさせたほうが、蜜が甘くなる」

「ああああっ」

肌の柔らかい部分は、感覚も鋭い。そして無防備な腋の下や脇腹、腰骨や脚の付け根にも指が這った。

「はっ、ひ……っ、ああっ」

佳那は自分の肉体が感じてしまうことに絶望する。以前の宴でも、ディラン以外の男達に触られ、蜜を吸われたことがあった。だがあれは佳那の雄蜂であるディランの許しがあったからであり、佳那自身もそれを了承した部分もあった。こんなふうに悪意をもって、しかも抵抗できないように拘束されてはいない。

（なのに――――こんな――――）

「おお、愛液があふれてきたぞ」

　男の声に、佳那はぎくりとする。股間のものは刺激によって勃ち上がり、先端から甘やかな蜜を滴らせていた。

「どれ、さっそく舐めてやろう」

「ちょっと待て。まだ熟《う》れさせたほうがいい。これを」

　男達の間で何かがやりとりされる。それに気づいた時、佳那は瞠目した。根元にある物が巻き付けられる。猫の首輪ほどの幅のそれは、佳那の根元を残酷に締め上げてきた。

「ぅああっ！」

「少し我慢してもらうぞ。よりよい蜜を味わわせてもらう」

　こんなことをされたら、出したくとも出せなくなってしまう。男達はそうやって佳那を焦らして、ぎりぎりまで蜜の質を高めるのが目的なのだ。屈辱と羞恥で、佳那はぎりぎりと歯がみする。屈したくない。こんな奴らに。だが、敏感で快楽に弱い身体は、佳那の意思を易々と裏切っていった。

「味見をさせてもらおうか」

「うっ……ああ…っ」

太腿を押し開かれ、濡れてそそり立つ陰茎に舌が伸ばされる。愛液をあふれさせた先端を、男の舌先がそっと舐め取っていった。

「くふ、ああっ！」

刺すような刺激が鋭敏な粘膜を貫いて、佳那の腰が跳ね上がる。他の男達がそれをたちまち押さえつけた。

「うむ……いい味だ……」

快感にビクつく先端を、舌先がぬろぬろと這い回っていく。佳那は喉を反らし、身体中を真っ赤に染めながら耐えた。

「気持ちいいらしいな。いくら嫌だと言っていても、蜜花がここを舐められては抵抗などできないだろう」

「ああっ…、あああぁあっ…！」

先端を舐め回される度に、腰骨がぐずぐずと崩れそうになっていく。

「よく蜜を出す、いい花だ。これから私達にうんとしゃぶられれば、理性などすぐに消えてしまうだろうよ」

「そら、ここが一番弱いだろう」

男が舌先で、佳那の小さな蜜口を穿るようにして責めた。脳天まで突き抜けるような快感に貫かれる。

「あひぃぃぃ…っ」

「よしよし、もっとはしたない声を上げろ」

屹立を舐められているだけでも耐えられないのに、男達は佳那の身体中を愛撫してきた。両側から腋の下を舐められ、柔らかい肉を思うさましゃぶられたかと思うと、舌先でぺろぺろと舐め上げられる。くすぐったくてたまらず、それなのに快楽が走るのだ。乳首も指先で転がされ、甘く痺れる刺激を絶え間なく送り込まれている。

「あは、あ…っ、んぁああっ、あぁ――……っ」

両足の指もしゃぶられ、指の股にまで舌を這わされ、佳那はもう快楽に勝てなかった。ディランは佳那に、快楽に耐える術を何ひとつ教えてくれなかったから。

「あ…っは…っ、んう、だ、だめ…だっ、あっあっ、……っく、んぁあんんっ」

(イく、イく)

くやしい、屈したくない。だがどうしようもなかった。根元を縛《いまし》められ、蜜を堰《せ》き止められて。出せないままで達してしまう。

「ああっ！ あぁぁあ――…っ！ 〜〜〜っ！」

下腹の奥が、もの凄い勢いで痙攣する。明らかに変なイき方をしていて、その快感の深さが怖かった。

「おお、出さないでイきおった」

「ひ…っ、うっ、ああっああっ、も……っ」

達したばかりでより敏感になっている屹立を、別の男に舐められる。先走りの愛液をもっとよこせとばかりに先端を吸われて、頭の中が真っ白になった。

「い、ぁ…っ、あぁぁぁっ」

吐き出せないもどかしさは苦痛なのに、それすらも快感に変わる。佳那は何度も背を反らして、男達の淫戯にのたうった。下腹がびくびくと波打ち、またイってしまう。

「よく感じる蜜花だ」

「先走りのほうもかなりいい蜜だ。これは本格的に出させた時が楽しみだぞ」

「は……っ、あぁうっ」

吐精を封じられたものを卑猥な舌で舐め回されて、佳那は全身が脈打ち、今にも破裂してしまいそうだった。なのに、今も根元から意地悪く舐め上げるだけで、一向に解放させてくれる気配がない。裏筋をちろちろとくすぐられて、腰が細かく痙攣した。

「ああ…あ、あぁあ———……っ」

くうう、と佳那は奥歯を噛みしめながら震えた。射精の解放感を与えられないまま下腹部に深い快楽が差し込む。お願いだから出させて、と今にも男達に哀願したくてたまらなかった。

「このままもう二、三度イかせるか」

「――……っ」

佳那は濡れた瞳を見開いた。その黒い瞳の中には一種の被虐性のようなものがあって、それが男達を煽っていることも知らずに。

「あ…っ、い…や、あっあっ、も、しない…で、んんぁぁあぁ」

ねっとりとした愛撫が佳那を嬲る。もはや理性など熔け崩れて、佳那は快楽に泣き叫んだ。すると、根元の拘束が外れて、カアッと熱いものが込み上げてくる。忘れかけていた感覚に、佳那は縋りついた。

「お待ちかねの射精だ。たっぷり出せよ」

「あっ、あっ」

拘束具が外されても、根元はまだ男の指で押さえつけられている。早く、早く、と腰がはしたなく上下した。ぬるん、と濡れた感触が肉茎を包む。

「ひ、あ、――っ！」

精路を。もの凄い勢いで蜜が駆け抜けていった。

「あ――…っ、で、る……っ！　〜〜〜っ！」

恥知らずな声を上げ、佳那は男の口の中に白蜜を噴き上げた。男はそれをためらいもなく、何度も喉を上下させながら飲み下している。その様子を、佳那は絶頂にわななきながら、いっぱいの無力感と共に感じていた。

「これは——素晴らしい」

やがて佳那の股間から顔を上げた男が、感嘆したように告げる。

「これまで味わったことのないような蜜だ。それに、力が湧いてくる」

「そんなに特別な蜜か」

「どれ、私も味わわせてもらおう」

快楽の余韻に息を喘がせている佳那の股間に、別の男の頭が沈み込んだ。口中に含まれ、舌を巻き付けられて強く弱く吸われて、快楽の泥の中にまた引きずり込まれる。

「ああ、ふうう…っ、うっ、んぁあっ…あっ」

両の膝は少しも閉じられないように、別の男に押さえつけられている。だがそんなものがなくとも、もう佳那の脚には力が入らなかった。哀れな肉茎がじゅうじゅうと音を立てて吸われる度に、開ききった足の指先がわなわなと震える。

「どうだ、気持ちがいいか」

「あ、は——ア、あ、あぁ……っ」

口の端から唾液が零れた。それを舌先で舐め取る佳那の表情に、恍惚の色が浮かんでいる。もともと蜜花は肉欲に弱い。その中でも、特に淫らな肉体を持つといわれる佳那だ。こんな仕打ちを受けてしまったら、快楽に負けてしまっても無理はなかった。

「い、……っ」

「もっと悦くしてやろう」

男の舌が佳那の先端に押し当てられ、そのまま何度も擦られる。腰が熔けてしまうかと思った。

「ひあ、あ……あっ、出る、でるっ……！」

蜜花は求められれば何度も射精することができる。佳那は男に煽られるまま、また白蜜を弾けさせた。男はそれを嚥下《えんげ》し、満足げに顔を上げる。

「なるほど、これはいい。噂以上だ」

「では、次は私だ」

その場にいる男達が、順番に佳那の白蜜を吸ってきた。佳那はその度に快感に喘ぎ、腰をくねらせて達する。腰骨が砕けてしまいそうな悦楽を途切れなく与えられ続け、淫らな言葉すら漏らすようになった。

「――濁らせてしまうには惜しい蜜だ」

ようやっと満足した男の一人が、そんな言葉を口にする。その意味に、佳那ははっと正気づいた。

他の男に蜜を分け与えてやるぶんにはまだいい。しかし犯され、中に射精されてしまうと、蜜は濁り、蜜花ではなくなってしまう。そのことを思い出して、佳那は気力を総動員して抵抗しようとする。だが両腕を拘束されている上に、さんざんイかされて力が入らなくなっている身体ではどうしようもなく、徒《いたずら》に男達を喜ばせるだけだった。犯される体勢を取らされるために両脚を持ち上げられて、佳那は無駄と知りつつも、必死に身を捩った。

「こら、大人しくしないか」

「んっ、あぁっ…ああっ」

力が入らないように乳首を弄られ、脇腹を撫でられる。そうされると佳那はもうひとたまりもなく、双丘を開かれてしまった。

「なんだ、ここもうヒクヒクしているじゃないか」

「陛下ほどではないかもしれないが、私達のもなかなかだぞ。たっぷり愉しませてやろう」

「やっ、やめっ……、それだけ…は、ああっ」

嘆く声を上げた佳那の肉環がこじ開けられ、男のものが無遠慮に這入《はい》り込んでくる。

「んん――――っ」

ずぶずぶと音を立てて挿入されるものに内壁を擦られ、快感を我慢できない。ディランの男根ではないというのに、身体はお構いなくそれを受け入れ、締め上げた。

「おお…、こっちの具合も素晴らしいな、最高だ」

男は感嘆の言葉を漏らすと、佳那の奥を狙って腰を揺すり始める。そしてディランによって丁寧に躾けられた内壁は、弱い場所がいたるところにあった。

「あ、あっ、あうう…っ！　あっあっ、くあぁ…っ」

感じたくないのに、佳那の身体は少しも我慢できなかった。ディランではないのに、中の気持ちのいいところを擦られたり、当てられたりすると、仰け反ってよがってしまう。奥を突かれると、もう駄目だった。

「なんだ、また前を濡らして。もったいない」

「ふぁ、あぁぁあっ」

再び勃ち上がって愛液をあふれさせるそれに、横から別の男が舌を這わせる。前と後ろを一度に刺激され、悲鳴のような嬌声が漏れた。

「もう濁ってしまうからな。吸いおさめだ」

「ただの精液になるだけだからな」

「まあこの顔と身体なら娼館に売られても客が喜んでくれるだろう」

男達の会話に、佳那はふと正気に戻る。彼らはそんな佳那を見て、嘲《あざけ》るように告げる。

「お前はこの後、城下から離れた町の娼館に売られることになる」

「なに、蜜花崩れの娼妓《しょうぎ》はそう珍しいものじゃない。お前ほどの器量と身体から、向こうでもうまくやっていけるだろうよ」

「な……っ、あっやっ、やぁ……っ！」

自分の行く末を知らされ、佳那は愕然とした。もうディランと会えなくなる。この世界で、本気で佳那を求めてくれた男。それなのに、佳那は蜜を濁らされ、彼に抱かれる資格を失ってしまう。

「いやだ、中に、だけは……っ」

「遠慮するな。たっぷりと出してやる」

だめだ、嫌だ。

蜜花でなくなる恐怖に駆《か》られ、この行為に抗いたいのに、肉体は快楽に呑まれて男のものを締めつけてしまう。早くこの奥に出して欲しいとねだるように絡みつく。この矛盾。

「それっ、受け止めろっ……！」

「あっ…あ、あ――……！」

どくどくと注がれる他の男の白濁。内奥にそれを叩きつけられ、佳那もまた絶頂へと放り投げられた。絶望的な極みなのに、腰ががくがくと痙攣する。

「そんなに震えて……、よほど気持ちがいいと見える」

中に出された。蜜が濁った。

「あ……あ、あ――――」

自分はもう、ディランの蜜花ではいられない。その事実を突きつけられ、佳那は呆然と目を見開いたまま喘ぐ。それなのに、ずるり、と引き抜かれた途端、佳那の肉洞は犯すものを求めて名残惜しげに震えた。

次の男に両脚を割られ、また男根を押し込まれる。強引に押し開かれる感覚に、ぞくぞくとした波が這い上がってきた。

「あっ、あっ！」

もう蜜花ではない。今更抵抗してももう無駄ではないだろうか。そんなことを思ってしまうと、すぐに快感に溺れてしまいそうだった。資格を失ってしまったのなら、この身体も感じなくなってしまえばいいのに。

「あうぅっ…、くぅ――――……っ」

奥にぶち当てられて、股間の屹立がまた蜜を噴き上げた。それを男達が競うようにして舐め取っていく。仰け反った肢体がひくひくと震えた。

「やめ、あっ、舐め…るなっ」

「やはり味が落ちるな」

「後ろの具合は変わらないだろ。まったく、できるなら手元に置いてずっと弄んでやりたいが

――――」

「同感だが、足がつく。それよりは売り払って金を手にしたほうが安全だ」

男達は勝手なことを言いながら、佳那のいたるところを弄り、舐め回す。

「あっ、ア、ひ、ぃい……っ」

奥をごりごりと抉られると、目の前がちかちかと瞬いた。佳那に挿入している男がにやりと笑う。その場所を捏ね回されて、口の端から唾液が滴るほどに感じさせられた。

「どうだ、ここも我慢ならんらしいな」

「うぅ、ふぁ、あ、あ～～っ」

どちゅ、どちゅ、とその場所を突かれる度に、下腹の奥に煮えたぎるほどの快感が広がる。佳那はどうにかしてそれに耐えようと幾度も唇を噛もうとするが、卑猥な喘ぎが出てしまうのを止めることができなかった。

「気持ちいいと言ってみろ」

「……っく、ない……っ」

「なに？」

男が佳那の口に耳を近づけた。今にもその言葉を口にしてしまいそうなのを堪え、佳那はぎりぎりの意地で突っぱねる。

「ぜんぜん、よく、ない……っ！」

だが、熱に浮かされたような潤んだ瞳で睨みつけても逆効果だ。佳那はそのことを知らなかったのだ。

ずうん、と重い衝撃が脳天まで突き上げる。その途端、激しい絶頂が佳那を貫いた。

「あぁひぃぃぃいっ」

「悦くないなら、もっとしてあげよう」

「あっ！　あっ！　あぁあぁ…っ、や、イってるっ、イってるからあ…っ」

絶頂にわななないている佳那の肉洞を、男のものが容赦なく擦り立てる。ちっとも引かない波に、泣き喚くような声を上げてしまった。

「おかしいな。気持ちよくないならイかないはずだろう」

頭の中がぐちゃぐちゃになる。快楽の波は繰り返し佳那を襲い、感じる媚肉は物欲しそうに男のそれを締めつけた。そして更に両側から乳首を舐められ、蜜を零す股間のものも口の中で吸われる。

「あぁ、ひぃ…っ、ぃっ、んんん、あぁ…っ」

「もう蜜花じゃないんだ。陛下に遠慮することなどない。そうだろう？」

「素直になって、快楽を愉しめ。お前にはもう、その道しかないのだから」

男達の言葉が、まるで呪いのように身体と心に染み込む。

――もう、我慢できない。

佳那は最初から我慢などできなかった。そして、もうあの人に顔向けなどできない。それなら。

「い……いぃ」

妙な解放感が、身体中に広がっていく。

「きもちいい……っ、いいっ、ああっ、もっとして、もっとイかせて……っ」

それならめちゃくちゃになって、もうこのこと以外考えられないようになりたい。快楽を享受してただ喘ぐだけの淫獣になりたい。

佳那は腰を振り、男を煽った。

「ようし、いい子だ。たっぷり可愛がってやるからな」

「あ――……っ、お…奥、気持ちいぃ…っ！」

男の突き上げに反応し、淫らな言葉を口走る。群がる男達に全身を愛撫され、佳那はイく、イく、と痴態を繰り広げるのだった。

「――ほう、いい子じゃないか」

両腕を後ろ手に縛られたまま、佳那は男の検分するような視線に裸の身体を晒していた。

佳那が連れてこられたのは、隣国との国境沿いにある地方都市だった。王都から目の届かない程度に離れた宿場町。こういった土地には、大きな歓楽街がある。酒場や娼館が軒を連ねる通りからいくつか外れた道沿いに、その娼館はあった。

あれから何日経ったことだろう。王宮から拉致されて陵辱《りょうじょく》されて、雄蜂であるディラン以外の男に中出しされたことによって、佳那は蜜花の資格を失った。もう佳那の蜜は濁ってしまい、なんの効果もないという。

娼館の主人は、興味深そうに佳那の身体を上から下まで眺めた。

「陛下の蜜花だったってのは、本当か？」

「もちろんだ。その髪と瞳の色が証拠だろう？　嘘かまことか異世界から来たって話だ」

「へえ」

男達と娼館の主人の話を、佳那はどこか他人事のように聞いている。この先、自分の身体がどういう扱いをされようともはやどうでもよかった。どうせもう、ディランの元には戻れやしないのだ。これから何人の男に犯されようと、構いはしない。ただ喘ぐだけの肉の人形だ。

「顔をよく見せてみろ」

顎を摑まれ、上を向かされる。佳那の顔をまじまじと見た主人は、感心したように言った。

「かなりの上玉じゃないか」

「そうだろう。きっと稼いでくれると思うぞ」

「ふむ」

男は佳那から離れ、一度部屋から出ていった。すぐに戻ってきた男の手には、革袋が握られている。

「色をつけておいた」

主人から革袋を受け取った男は、掌に中身を出した。すべて金色の貨幣だった。

「これはありがたい。そいつは、すぐにでも働けると思うぜ。何せとんだ淫乱だ。ここに来るまでにも何度も犯したが、すぐにイくし、腰を振ってひいひい喘ぐ」

「蜜花崩れは皆そうさ。一度他の男に中に出されたら、もう元には戻れない。『淫飴《みだらあめ》』ってのが唯一の治療だが、あれに耐えられるのはそういないからな」

主人は同情するような口調だったが、その顔は笑っていた。やがて男が帰ってしまい、取り残された佳那には部屋を与えられる。個室だったが、その調度は殺風景で、部屋も狭かった。中央に置かれたベッドだけがやけに大きい。

「逃げようなんてのは考えないことだ」

佳那の腕の縛めを解いた主人は、クローゼットの中から衣服を取り出して佳那に押しつける。ひどく薄手で、半ば透けている衣装だ。

「さっそく今日から客をとってもらう。安くない金を払ったんだからな。しっかり咥え込めよ。ま、お前には余裕だろう」

そう言うと主人は部屋を出ていった。外から鍵のかかる音がする。佳那は手渡された扇情的な服とも呼べないものを羽織ると、ベッドの縁に腰掛ける。それから天井を見上げ、ほうっと息をついた。

――早く、客が来ればいいのに。

そんなことをぼんやりと思った。

「――あ、ああっ、あ――っ」

佳那の最初の客は傭兵《ようへい》の男達だった。主人は最初から一度に三人の客を佳那にあてがった。屈強な男の下で、佳那は正気を失ったように喘ぐ。

佳那の両脚は容赦なく広げられ、膝頭を布で縛められて閉じられないように固定されていた。

その脚の間に、男の頭が埋められている。佳那が蜜花崩れだから、効果はなくともその極上の味のする蜜を味わおうとしているのだ。そそり立って震える屹立に、男の肉厚の舌が絡む。敏感な部分を舐め上げられるのは、蜜花でなくなってもたまらなかった。鋭敏な粘膜を啜られ、下半身がつま先まで痺れきる。乳首は別の男達の指先で弾かれ、乳暈ごと膨らみ、硬く尖っていた。

「ふぁ、あ…ああっ、んぁああんんっ」

「はあ…、元とはいえ、蜜花の蜜はうめえ」

先端から裏筋へと滴る愛液をつつうっ、と舐め上げられ、佳那はひいっ、と背を反らす。

「あ、す、吸って…ぇ、もっと……っ」

「うん？　こうか…？」

佳那のものが男の口中にすっぽりと含まれ、じゅうじゅうと音を立てて吸われた。先端に舌全体をねっとりと押し当てられて擦られる。

「ああぁ――――…っ、で、出るっ…！　イくうぅっ」

がくがくと腰が上下し、白蜜が男の口の中で弾けた。それをごくりと飲み下され、佳那の股間から陽に焼けた顔が上げられる。

「こいつが蜜花の精か。こんなものが美味いだなんて、不思議なものだな」

「どれ、俺にも舐めさせろ」

達したばかりのものに、また熱い舌が這わされる。続けてしゃぶられるのは感じすぎてしまってつらいのだが、今の佳那はそれを求めていた。ねだるように腰を突き上げ、男の舌を悦ぶ。

「ああ、んんんっ、あ、いい、あっ、先っぽ、すごいぃ……っ」

佳那は喜悦の表情を浮かべ、快楽を素直に口にした。それに煽られた男は、ますます愛撫を濃くしていく。

「ああ――……、すごく、いい…っ、気持ちいい……っ」

「もっと悦くしてやるからな」

乳首にも舌を這わされ、軽く歯を立てられながら転がされた。はしたなく蠢く腰を押さえつけられ、双丘の奥まで開かれて後孔を指で責められる。

「あっ、あっ、ああっ！　それ、好きぃ……っ」

また絶頂の波が込み上げてくる。はやく、はやく自分を呑み込んでしまうといい。一瞬でも正気でいたくない。今や快楽は、佳那を救ってくれる唯一のものだった。

「んぁぁあ、イく、イく――…っ！」

淫らな責めを受けながら、身体がバラバラになりそうなほどの愉悦に揉みくちゃにされる。佳那はその渦の中で、安堵の笑みを浮かべるのだった。

ベッドにぐったりと身体を投げ出しながら、佳那は嵐のような気だるさにまだ動けないでいた。

「客が喜んでいたぞ」

娼館の主人がドアを開けて入ってくる。佳那はちらりと視線を投げると、重い身体をゆっくりと起こした。ふと目に入った膝に、縛られた痕《あと》が残っている。

「もう一組いけるだろ。もうお待ちだから、早く身体洗ってこい。十分後に通す」

そう言って扉が閉められる。佳那はのろのろとベッドから降り、浴室へ向かった。客の切れ間がないのはありがたい。何も考えずにいられるから。

佳那が身体を洗って前の客の残滓《ざんし》を洗い流した時、次の客が入ってきた。

「あんた、蜜花崩れなんだって？」

娼館の主人は、佳那をそういう触れ込みで売り出すつもりらしかった。

「ええ」

佳那は口元に媚びた笑みを浮かべる。男をベッドに招き入れ、その目の前で両脚をゆっくりと開いていった。

「舐めてみますか……？」

男の喉がごくりと鳴る。脚の間にその頭が伏せられ、股間のものにぴちゃりと舌が押し当てられた。

「ああ……っ」

また快楽が来る。

甘い喘ぎを漏らし、佳那はうっとりとした表情を浮かべながら喉を反らした。

早く次の夜になってしまえばいいと思いながら。


娼館での日々は、まるで明けない夜のように続いた。

佳那は噂を聞いて押し寄せる客を次々と相手にし、その快楽に溺れていく。責められている間は楽だった。頭の中が真っ白に、あるいはぐちゃぐちゃにかき乱されて、卑猥な喘ぎを垂れ流していればいい。苦しいのは、ふと眠りから覚めた昼間に、彼のことを思い出した時だった。

そんな時は、まるで胸の中が万力《まんりき》で押し潰《つぶ》されたように苦しい。

脳裏に浮かぶ太陽の化身のような彼の姿。あのたくましい腕に抱きしめられ、意外なほど繊細な指と舌で愛撫された時の恍惚と、やけどしそうなほどの怒張に貫かれた快感。

「……ディラン、様」

もう戻れない。佳那はこの知らない世界でたった一人、欲望の汚泥にまみれて生きながらえるしかない。

だが、いくら行為に向いているという蜜花の身体でも、度を超えた荒淫を続けていれば、いずれ命も尽きるだろう。

佳那はその時をひたすら待とうと思った。あるいは、この心が擦り切れてしまうのが先か。

どちらでも構わない。

しかし、佳那を迎えに来たのは、思ってもみない者だった。

早く来て欲しい。

「――――な、なんだ⁉　うわああっ！」

最初に聞こえたのは、娼館の主人の狼狽した声だった。まだ陽は高く、夜が訪れるまでの間、佳那がうとうとと微睡《まどろ》んでいた時間だ。異質な物音と声に、意識が現実に引き戻される。

「……？」

階下で言い争っている声が聞こえた。もう一人は低い男の声だ。耳を澄ませていると、それが確かに聞き覚えのある響きのような気がして、佳那は身体を強張らせる。

――――まさか。

足音が階段を上り、こちらにやってくる。その迷いのない足取りに、佳那の頭の中にただ一人の男の姿が浮かぶ。

――――そんな。何故。

彼はこんなところにはふさわしくない人だ。いや、何よりも、今の自分の姿を見られたくない。

足音はまっすぐに近づいてくる。佳那は反射的に逃げようとし、あたりを見回した。だが、逃亡を防ぐために窓のないこの部屋には、逃げ道などどこにもない。そして足音は部屋のすぐ前までやってきた。扉が吹き飛ばんばかりの勢いで開けられる。

「――――カナ‼」

そこに現れた男の姿を、佳那は信じられない思いで見つめた。

戸口に立っている長身の男は、豊かな金髪を靡かせ、堂々と立っている。旅装の上にマントを羽織った姿でも、その覇気は隠せてはいなかった。腰には大ぶりの剣を帯刀し、片手がその柄にかかっていた。

それは紛れもないコードウェルの王、ディランだった。

「……ディラン、さ、ま……」

佳那は掠《かす》れるような響きで彼の名を呼ぶ。どうしてディランがこんなところにいるのかわからなかった。混乱が頭いっぱいに広がりその後絶句してしまった佳那を、ディランもまた呆然と見つめている。そして先に沈黙を破ったのは彼のほうだった。

「――カナ」

「っ！」

懐かしさすら覚える響きで名を呼ばれ、佳那はびくりと身体を震わせた。

目の前に彼がいる。自分を見ている。もはやその資格すら失い、地の底まで堕ちた自分を。

「探したぞカナ。遅くなってすまなかった。さあ、帰――」

「来ないでください!!」

こちらに向かって一歩踏み出したディランを、佳那は震える声で撥ねつけた。

「どうして来たんですか」

「カナ」

蜜を濁されてから、彼のことは極力考えないようにしていた。思い出してしまえば、苦しいだけだったからだ。それなのに、彼が今目の前にいる。その現実は佳那にとって、身を引き裂かれんばかりに耐えがたいことだった。

「わかってますよね？　……俺は、あなたの蜜花でいる資格を失いました」

それを告げた時、佳那はディランの顔を見ることができず、目線を落とした。彼がどんな目でこちらを見ているのか、怖くてとても確認することはできなかった。

「ごめんなさい。せっかく大事にしてもらっていたのに、ごめんなさい――」

「謝るのは俺のほうだ、カナ」

距離をつめてきたディランを、佳那は手で制する。

「それでも、ここまで来てくださって、ありがとうございました。もう結構です」

王宮から佳那がいなくなった時点で、佳那の身に何が起こったのか、ディランは推測することができただろう。蜜が濁った蜜花などなんの価値もない。あのまま捨て置いても、一向に構わなかったはずだ。それなのに、彼はこんな辺境の町にまで探しに来てくれた。それだけでも感謝しなくてはならない。彼ならばきっと、自分よりももっとちゃんとした蜜花が来てくれる。

「——何を言っている？　カナ」

「帰ってください、と言いました」

佳那は突き放すような口調で言った。そうしないと、今にも涙が出てしまいそうだったからだ。ちゃんと、冷たい響きで言えただろうか。

「俺はもう、あなたの蜜花には戻れませ——」

佳那はその言葉を最後まで言うことができなかった。ディランのほうから、もの凄い怒気が伝わってきたからだ。

彼は佳那の制止も構わず、大股でつかつかとこちらに歩いてきた。後ずさる佳那の腕を力任せに摑む。鈍い痛みが走った。

「っ――――」

「勝手なことを言うな！」

ディランの、こんな荒げた声を初めて聞いた。彼が怒っている。ただその事実に、佳那は身を竦めて怯《おび》えてしまう。いつも優しかった彼がこんなに憤っている。その原因が自分だということにいたたまれなかった。

だがディランは、はっとなったようにすぐに佳那の腕を掴む力を弱める。

「大きな声を出してすまない」

ディランの、懸命に感情を抑えている気配を感じ取り、佳那はそっと顔を上げた。そこには、ひどく傷ついたような目をした彼がいる。

「お前はもう俺の蜜花には戻れないと言う。だがそれを決めるのは俺だ」

「――――」

「お前がどんな目に遭ったのか、知っている。その上でお前を連れて帰る」

「……でも……」

そんなことをしても、何も意味がない。佳那の蜜はもう濁ってしまった。彼の役に立てることは何もない。

「たとえカナが蜜花でなくなったとしても、俺には関係ない」

「……それは……、駄目です、それは」

「何が駄目だ」

「あなたは一国の王だから」

宣託によって佳那が喚ばれたのなら、佳那はその務めを正しくこなさなくてはならない。穢されて蜜を提供できなくなった蜜花なら、いないほうがましだ。

しかし、佳那がそう告げた時、ディランの怒気が色濃く立ち上り、こちらに襲いかかってくる。一度弱められた腕を摑む力が、さっきよりももっと強くなった。

「あっ、つっ……！」

「許さないぞ、カナ」

血流が止まり、骨が折れるのではないかと思った。苦痛に顔を歪める佳那に、ディランは顔を近づけてくる。

「お前は俺の蜜花だ。それでも戻らないというのなら、逃げる手足を折ってでも連れて帰るが、それでもいいか」

「——……っ」

声の響きが穏やかなぶんだけ、彼の怒りが本気であることがわかった。

「それに、方法ならひとつだけある」

「……え……？」

「お前の蜜を清める方法だ」

「本当に……？」

そんな方法があるのなら、藁《わら》にも縋りたい思いだった。

「ただ、楽ではない。だからこのままでも、俺は構わない」

「やります」

佳那は即決する。

「このままなんて、俺は嫌です――。ちゃんと、あなたの蜜花でいたい」

ディランはしばし佳那の目を見つめた。やがて、掴まれた腕からふっと力が抜ける。

「わかった」

ディランは佳那をゆっくりと立たせた。

「帰ろう」

そう告げた時の、彼の言葉は優しくて、佳那は思わずその胸に身を投じてしまいたくなる。けれど、まだ自分にはそんな資格はないのだと思った。

城に連れて帰られた佳那は、以前と同じ部屋に通される。そこは佳那が暮らしていた時のままに保たれていた。おそらくディランは、いつ佳那が戻ってもいいように手入れさせていたのだろう。それを思うと、胸が痛む。

「穢されてしまった蜜花を治療する方法はひとつ」

ディランは小さな小箱を佳那の前に置いた。箱の蓋が開かれると、そこには赤くて丸い色をした飴のようなものがあった。親指の先ほどの大きさだ。

「これは淫飴という」

「みだら、あめ……？」

「これをお前の中に入れる。下の口から食う飴だ。これが体内で熔けると、耐えがたい発情が七日間続く。しかし、射精が許されるのは一日に一度だけだ。それ以外はここに拘束具をつけておく」

ディランの手が佳那の股間を撫で上げた。その感覚と言われたことの恐ろしさに、佳那は身を震わせる。

「これをやっておかしくなってしまった蜜花もいる。おそらく、相当につらいのだろう。俺はお前が穢れていようが構わない。苦しい思いはさせたくないし、壊したくない」

「……」

ディランの言葉は優しかった。おそらく彼は本当に、佳那が蜜花としての務めを果たせなくなっても構わないと思ってくれているのだろう。

ディランの優しさに甘え、このまま何食わぬ顔をして彼の側にいることはおそらくできる。

だが、それはしてはならないことだと佳那は思った。蜜を与えることができない蜜花を側に置いていては、ディランの立場が悪くなる。そもそも今回のことだって、異世界からやってきた佳那を認めることができない者達が仕組んだことだ。

だから佳那は、誰も文句がつけられないほどの蜜花でいなくてはならない。それはもはや佳那の矜持《きょうじ》であり、意地だった。

「してください」

佳那は静かな、けれどきっぱりとした口調で言った。

「それであなたの側にいることが許されるのなら」

そう言った時、ディランは僅かに瞠目し、佳那をじっと見つめる。彼は自分の中の感情と戦っているようにも見えた。ディランは眉を寄せて目を伏せる。それから視線を上げ、佳那をひた、と見据えて言った。

「……わかった」

その答えに、佳那は小さく微笑む。おそらく彼は、佳那が苦しむ姿を見たくはないのだろう。

優しい人だと思った。だが、その優しさに甘えるわけにはいかない。

「ベッドへ」

促された佳那は、整えられた寝台へと身を横たえる。何度も彼に抱かれた場所だ。淫餡を持って近づいてくるディランを、佳那は緊張しながら待った。

「佳那、約束してくれ。限界だと思ったら俺に言うんだ。脳が擦り切れる前に」

佳那は小さく頷いた。残念ながらそうする気はなかったので、これは嘘になる。

ディランの手が太腿に触れる。彼にされるまま、佳那は両脚を開いた。下着にあたる薄布が解かれ、慣れた手つきで双丘の奥を開かれる。

「入れるぞ」

「……っ」

そこに固い感触を得て、佳那は小さく息を呑んだ。それはディランがほんの少し押し込めただけで、つるりと中へ入っていく。これが、佳那をもう一度蜜花にしてくれるもの。

我慢できる。たとえどんなことでも。

「……っふ」

体内の熱で急速に溶けていくそれが粘膜を侵した時、佳那の腰がびくりと浮いた。下腹の奥に灯《とも》った熱がじわじわと広がって、内奥が勝手に収縮してくる。

「あ、あ」

始まった。これから自分を苛むであろう熱に、背中を仰け反らせて耐える。体内から炙られるような感覚は、佳那の股間のものをたちまち張り詰めさせ、先端を愛液で濡らした。

「つらいか」

「っ、へ、へい、き……です」

心配そうな顔で見下ろしてくるディランに、佳那は笑おうとする。股間のものは痛いほどに疼いて仕方がなかった。思わず自分のものに手を伸ばそうとする佳那のそれを、ディランの手がやんわりと摑む。

「それは駄目なんだ、カナ」

「ああっ！」

快感を取り上げられ、思わず悲痛な声が上がる。そんな佳那の両脚を広げ、ディランはその狭間に顔を埋めてきた。

「はああうっ……！」

鋭敏な器官がぬるりと熱いものに包まれる。一気に全身が痺れるような感覚に、佳那の目に歓喜の涙が浮かんだ。舌で裏筋をぬるぬると擦られると、腰から下が熔けそうになる。久しぶりの彼の愛撫に、佳那の性感は蕩けた。

だ。


「味わってくれ。すぐには出すなよ」

「あっ、あっ、んあぁあん……っ！」

すぐにもイってしまいそうなのに、指で根元を押さえつけられて佳那は苦悶じみた快感に喘いだ。

音を立てて先端を吸われた時は、感じすぎて泣いてしまう。

「ア、あ――あっ」

シーツから背中を浮かせて仰け反り、枕を引きちぎらんばかりに強く握りしめた。

「い、いく、イくっ……！」

「……いつもなら、何度でもここから出させてやりたいが、今からは一度しか駄目だ。それでもいいか？」

びくびくと震える肉茎に舌先を這わせながら、ディランが問うてくる。だが今の佳那には、頷くことしかできなかった。早く、あの精を噴き上げる時の、目も眩《くら》むような快感を味わいたい。

「で、る……っ、は、やく、ああっ」

誘うように腰を浮かせ、佳那は恥知らずにねだった。

「……わかった。もらうぞ」

今の佳那の蜜にはなんの効果もないのに、ディランはそんなふうに言ってくれる。肉茎がじゅううっ、と淫らに吸われた。

「くううっ」

腰が抜けそうなほどの快感が込み上げる。精路を勢いよく駆け抜けていく蜜の感覚。脚の付け根が不規則に痙攣する。

「んぁぁあぁ」

佳那は喉を反らし、蜜を噴き上げた。ディランがいつものようにそれらをすべて飲み下してくれる。丁寧に吸われながら後始末をされて、そんな刺激にさえ息も絶え絶えになった。

(まだ、おさまらない)

もっとされたかった。いつもならば、ディランは佳那を抱く時、何度もイかせて蜜を搾り取ってくれる。だが、この時は違った。彼はもうおしまいだとばかりに、佳那の股間から顔を上げる。

「あ、はあっ……あっ」

物欲しげに腰を揺らす佳那の頭を困ったように撫でて、ディランは告げた。

「今日はもう終わりだ」

「……っ」

そうだった。佳那が再び蜜花に戻るために、この衝動に打ち勝たなくてはならない。けれど、肉体の芯はまだじんじんと疼いて、肌の熱はちっともおさまりそうになかった。

「今日はもう射精をしては駄目だよ」

荒い呼吸を繰り返しながらやっと目を開けた佳那は、ディランが手に何かを持っているのに気づく。それは、佳那の記憶違いでなければ、貞操帯のようにも見えた。

「そ……それ」

「勃起をするのも駄目だ」

荒い格子状の金属の筒のようなものが肉茎に被せられる。その形状によって、佳那のそれは強制的に下を向かされてしまった。

「うっ……う」

「つらいか？」

佳那は首を横に振った。こんなのはたいしたことはない。そう思い込もうとした。けれど、腰の奥の疼きは一向におさまりそうにない――一度は射精したのに。

だが方法がこれしかないのなら、耐えるしかない。

「我慢、できます」

佳那は熱い息を吐きながらそう答えた。頭の芯がくらくらする。こんな状態がずっと、七日も続くのだろうか。

（今からそんなことでどうする）

大丈夫だ。自分は耐えられる。だって、彼の側にいるためなのだから。

「うっ…う」

また込み上げてくる快楽を無理矢理押しとどめて、佳那はこれから来る永遠にも思える我慢の時間を思った。

部屋の温度が二、三度上がっているような気がする。もうずっと意識が混濁しているようで、発情していない状態がどういうものなのか、わからなくなりかけていた。

「あ……っ、あっ」

ベッドの上で大きく仰け反り、ぶるぶると身体を震わせる。腹の中が、煮えくり返りそうだった。あれからどれくらいの時間が経ったのだろう。ディランが出ていってから、佳那はこのベッドの上で一人で喘いでいた。途中何度か意識を失っていたようだが、正確にはよくわからない。股間につけられた貞操帯を無意識に取ろうとしたこともあったようだけれど、それは叶わなかった。鍵がついているらしく、どんなに引っ張っても外れない。おそらくその鍵はディランが持っているのだろう。

「ああ……あぁ……っ」

佳那は貞操帯の上から自身を触ろうとした。金属の間からどうにか触れるものの、あまりに物足りない刺激しか得られない。無理に触ろうとすると、中途半端な快感によって、かえってつらくなりそうだった。

「だ、め、だ、ああっ」

佳那はたまらずに腰を揺らす。さっきから何度も肉洞の奥を強く引き絞っていた。そうすると、少しだけ望んでいる快楽を得ることができる。腹の奥から甘い感覚が込み上げてきて、佳那は自身の収縮だけで後ろで極めてしまった。

「んあぁぁああ……っ、～～っ」

びく、びくと身体が小刻みに痙攣する。だが、股間のものは先端からほんの少し愛液を滴らせただけだった。

「ふう、あぁあっ……、きもち、いい、のにっ……！」

思いきり射精できない。そのことがこんなにももどかしく苦しい。

どんなことでも耐えきると決めた。それなのに、まだようやく一日目を過ぎたばかりだというのに、もう音を上げかかっている。

（我慢、するんだ……！）

両手でシーツをぎゅう、と握りしめた、その時だった。部屋のドアがキイ、と開き、そこからディランが姿を現す。

「あ、あっ」

「カナ、どうだ気分は」

彼の姿を見ると、何もかも放り出してもう許してくれと縋りつきたい衝動に駆られた。もしも佳那がそうしたならば、彼はきっと承諾してくれるだろう。そしてこの貞操帯を外して、佳那の望むだけ射精させてくれるに違いない。

だがそうしたら、佳那は彼の蜜花でいる資格を永遠に失ってしまう。

(いやだ、それだけは)

でなければ、なんのためにこの世界にいるのかわからなくなってしまう。

「カナ」

「……ディラン、さ、ま……っ」

「だいぶ苦しそうだな……。今日も、一度だけ射精させてやろう」

彼はそう言うと、手にした小さな鍵を佳那の貞操帯の鍵穴に差し込む。カチリという音がして、股間を縛めるそれが外れた。するとそれを待ち構えていたように、張り詰めた肉茎が天を向く。

「出してやれるのは一回だけだ。じっくり味わえ」

「あ……あっ、あ————～～！」

ディランの長い指が佳那のものに絡みつき、根元から優しく扱き上げてくる。甘い痺れが身体中に広がり、息が止まりそうなほどに感じさせられる。本来であればすぐにでも弾けてしまいそうなのに、彼のもう片方の手が佳那の根元を押さえつけているせいで、なかなか達することができなかった。

「すぐに出してしまってはもったいないからな」

「んっ、んっ————、んうぅ…っ」

陰茎を巧みに擦られながら口づけされ、舌を吸われる。そんな愛情深い行為に、佳那は夢中で応えた。ディランの指先で弱いところを撫でられる毎に、はしたなく腰を浮かしてしまう。

「ああっ、ああっ……」

「気持ちいいのか……？」

労《いたわ》るような、優しい響きの声、それでいて、佳那を見下ろす瞳には隠しきれない興奮の色が浮かんでいる。

「ん、ぅあ、き、きもちいっ……、あ、そこ、痺れるっ……」

蕩けるような快感に恍惚となって口走ると、瞼の上にそっと口づけられた。大事に扱われているということが伝わってくる。嬉しくて、どこか切なくて、佳那は胸を大きく喘がせた。

「お前がそんなに可愛いと、俺も辛抱がきかなくなりそうだ」

「は、ぁ…あ、ディラン、さま……っ」

もう我慢できない。思いきり出してしまいたいと、媚態でもって彼に訴える。

「出したいか？」

「はいっ…、あ…ぁ、もうっ……！」

「出したら、今日はもう終わりだぞ」

「…っい、いい、からぁ……っ」

そんなことを考える余裕は、佳那にはなかった。ただ肉体の快楽に翻弄され、ずっと我慢していた射精を今許してもらえることしか。

「貴重な射精だ。味わうといい」

根元から絞るように扱き上げられ、佳那は涕泣して身悶える。先端をくにくにと揉まれるように刺激されると、全身に鳥肌が立った。

「あ、ぅ…あっ、は、ア、んあぁああ――…っ、っ、んっ、ふぅうっ……！」

腰の奥で快感が爆発した。ディランの手の中でびゅくびゅくと白蜜が放たれ、佳那は浮かせた腰が卑猥に揺れた。淫餡によって発情した身体から噴き上がるそれは、二度、三度とディランの手を濡らす。

「はああ、ああっ……！」

目の前がくらくらする。我慢の果ての吐精は、下半身が痺れて、熔けそうだった。

「……まだあと五日あるぞ」

ディランは佳那に耐えられそうか、と聞き、指を濡らす白蜜を舌で舐め取る。

「……耐え、ます、絶対」

「……そうか」

ではこれを飲め、と、彼は杯に注いだ飲み物を佳那の口元に寄せた。言われるままに飲み下したそれは甘く冷えていて、元の世界においての林檎《りんご》の果汁のようだった。

「ヤムの果汁だ。滋養がある」

とても食事など取れそうになかったが、これなら受け付けられる。喉は渇《かわ》いていたので一気に二杯呷《あお》ると、気力が出てきたような気がした。

「またこれをつけるぞ」

「あっ……」

外されていた貞操帯を再びつけられる。自分の陰茎がそれに収められてしまうのを目の当たりにすると、軽い絶望感が襲ってきた。

そして腹の中がまた、じくりと疼き始める。身体の中では今、どんなことが起こっているのだろうか。堕ちた蜜花を発情で苦しめ、それに耐えきった者だけを許す。ひどく厳しい措置のように思えた。だがそれを選んだのは自分だ。

「……いつでもやめていいんだぞ」

ディランの手が頬に触れた。その感触にさえ震えてしまいそうになる。けれど佳那は首を振った。

「だめ、です……。ここで折れたら、本当に自分が許せなくなるから……」

苦しい息の下でそう言うと、ディランは自分もまた苦しそうな顔をする。佳那が微かに笑みを浮かべると、困ったような表情になって名残惜しげに手を引いた。

「強情な奴だ」

「……すみません」

はあっ、と熱い息を吐いて肩を震わせる。だんだんと思考が鈍くなってきた。

「……今日は、もう行ってください。でないと、我慢が、できなくなる……」

目の前の彼の体温を感じているだけで、もう抱いて欲しくてたまらなくなる。腹の奥がひくひくと疼いてあのたくましいもので貫いて欲しいと全身が訴えるのだ。

「……わかった」

そのことはディランも理解しているのか、彼は佳那から静かに離れると、明日また来る、と言い残して部屋を出ていく。それと同時に、佳那はどさりとベッドの上に身を投げ出すのだ。

「あ、ぁ……あっ」

貞操帯の上からもどかしげに指を這わせるも、冷たい金属に阻まれて触れない。刺激を得ることができない。おかしくなってしまいそうなもどかしさに意識が混濁してくるのが唯一の救いだった。こんな感覚をまったくの素面で過ごさねばならないとしたら、それはまさしく地獄に他ならない。

佳那は淫夢にも似た恍惚の中で朦朧《もうろう》としたまま時を過ごし、時折目覚めては絶望し、身悶え、シーツを握りしめて耐えた。

そうしてそんなことが繰り返され、もうどれくらい時間が経過したのかわからなくなった時。

唐突に、頬を軽く叩かれる感触がして目を開けた。

「――――あ……」

ディランがこちらを見下ろしている。佳那を窺うような、心配そうな顔をしていた。

「……正気か？」

「た、ぶん」

答える声が掠れている。ディランはヤムの果汁を口に含むと、それを佳那に口移しで飲ませた。

冷たくて甘い感触が喉を通る。

「よくがんばったな――――。七日間経ったぞ」

「――……」

七日が経った。ということは、終わったのか。自分は、蜜花に戻れたのか。

「……お、れの蜜は……っ」

「ああ、今確かめる。待っていろ」

自分の蜜がどうなったのか、それも気になってはいたが、佳那は射精させてもらえるということが嬉しくてならなかった。これまで佳那が晒されてきた快楽は、一度や二度出したくらいではおさまりそうにない。それと同時に、『治って』いなかったらどうしようという気持ちもあった。いろんな感情が混ざり合い、それでも身の内の欲求に耐えきれずに腰を上げた時、貞操帯が外される。そして間髪容れずに、股間を貫く火のような快感。

「ア――あっ、くあぁぁあ…っ！　〜〜っ！」

濡れてそそり立ったものを咥えられ、じゅるるっ、と音を立てて吸われる。そんな刺激に佳那の熟れきったものが耐えられるはずもなく、あっという間に達してしまう。ディランの口の中に、びゅくびゅくと白蜜が放たれた。腰が抜けそうな感覚。

「ひ、ひぃ、うっ……！」

立てた両膝ががくがくと震える。たっぷりと出してしまったものを、ディランは喉を鳴らして飲み下してしまった。あまりの気持ちよさにしゃくり上げながらも、佳那は沙汰を待つような気持ちで彼の言葉を待った。

「ふう……」

舌先に糸を引きながら、ディランが顔を上げる。目が合った時、彼は満足げな笑みを浮かべた。

「――堪能したぞ。素晴らしく甘い蜜だ」

「……じゃ、あ」

「ああ、味が初めて飲んだ時と同じだ。ちゃんと元に戻っている。いや、それ以上だな」

――よかった。

それを聞いた時、佳那の胸いっぱいに安堵の思いが広がる。それと同時にこれまでの七日間が思い起こされて、涙が浮かんだ。

「よく、がんばったな」

くしゃくしゃと髪を撫でられる。衝動に駆られた佳那は思わず両腕を伸ばした。すぐに抱き寄せられて、熱い唇が重ねられる。肉厚の舌は、微かに自分のものの味がした。佳那自身には特に美味とは感じられないが、激しい興奮をもたらす。

「んん、ふ、う……っ」

激しく舌を絡ませ合い、口の中の粘膜を舐め上げられると、瞳がとろんと潤んでしまう。

「……俺のほうが、我慢できなくなるかと思った」

内腿の柔らかい場所に指が食い込み、ぐぐっ、と押し広げられた。

「お前の蜜が足りなくて枯れそうだ」

「……すきなだけ……、舐めて……、もう、びちゃびちゃだから……っ」

佳那も自ら脚の付け根を押し広げ、早くも勃起した陰茎を晒す。それはもう先端からあふれるくらいに愛液を滴らせていた。

「そうさせてもらうぞ。腰を抜かすなよ」

ディランの口元が笑いに歪められるのを見る。そのすぐ後に、舌が根元から舐め上げていった。

「あっ、あ――――〜っ」

腰が勝手にびくびくと跳ねる。敏感な場所を何度も舌で擦られ、肉茎が熔けそうだった。それまでずっと我慢してきたところに強い快感を与えられて、どうしていいのかわからない。ずっとイっているみたいだった。

「あぁあ、あっ、きもち、いぃ…っ、あーっ、吸われ、たら、また……っ、う、ううっ！」

まるで体内から吸い出されるように蜜を引き出され、耐えられずに背中を浮かせて仰け反った。快感が凄まじすぎてついていけず、逃げそうになる腰を捕まえて引きずり戻され、また根元まで咥えられて口淫される。

「あ――――っ、ゆ、るして、んあぁあんんっ」

搾り尽くされるような行為に音を上げても、ディランはなかなか許してくれなかった。彼は穢れから回復した佳那の蜜をすべて舐め取るように執拗に嬲り、泣かせる。そしてそれでは飽き足らず、ひくひくとわななく後ろに指を挿入させた。

「ひぃんっ」

そこもすっかり柔らかく蕩け、ディランが指を動かす度にくちくちと音を立てる。前方は日に一度は射精を許されていたが、後ろは七日の間放置され、その間ずっと疼くのを耐えているしかなかった。そこをやっと刺激され、快感が途切れることなく生まれてくる。

「あっ！　はっ、ううっ…あああっ」

「……っカナっ」

佳那には気づく余裕もなかった。愛撫しているディランもまた、淫らに悶える佳那を前にして抱くことができず、限界を迎えていたということを。

「……たまらんな」

「んあっ！」

指が抜かれ、両足を摑まれて抱え上げられる。後ろの肉環にディランの男根の先端を当てられて、挿れられる、と思った瞬間、腹の奥がきゅううっ、と収縮した。ぐり、と入り口をこじ開けられ、ディランが容赦なく這入ってくる。奥まで一気に突き上げられた。

「ひうぅうっ、あ――――っ」

それが射精のスイッチになったように、佳那の股間から白蜜が弾ける。一瞬遅れてやってきた快感が体内で弾け、絶頂に全身が仰け反って震えた。

「あ、あ、あぁあぁああ……っ！」

どれだけこれが欲しかったことだろう。肉洞の中に、熱く熱く太いものが存在している。それは自分を犯す男のものだ。この男を、どれだけ求めていたことか。

「……やはり、挿れただけでイッてしまったか」

佳那に強く締めつけられたディランが、熱い息を吐き出しながら呟く。

「あ、あ、ごめ…なさ……っ」

「いいさ。そのかわり、イきっぱなしになる覚悟はあるな？」

俺も止まれない、と彼は続けた。佳那は目の前がくらくらとなりながら、こくこくと頷く。どうにでもして欲しかった。

「いい子だ」

ディランは額に汗を浮かべながら、佳那の唇に軽く口づける。

「んぅ…」

甘く媚びるように呻いてしまった佳那だったが、次の瞬間に容赦なく内奥を突き上げられ、快感が脳天まで突き抜けた。

「ああっ、ふううぅっ……！」

彼もまた余裕がなかったということが、その激しい抽送でわかる。感じやすい粘膜をじゅぷじゅぷと執拗に擦られ、奥を捏ねられて、思考が吹っ飛びそうになった。脚の付け根が勝手にびくびくと痙攣するのが止まらない。

「あっ、あ――～っ、んあ、あ、あうぅぅんっ……！」

切れ切れの嗚咽《おえつ》のような佳那の声に煽られたのか、体内でディランのものが体積を増す。それでかき回されるのだからたまったものではない。

「ひ、ぅうっ、やっ、あっ、お、大っき……っ！」

少し苦しくて、けれどその苦しささえ気持ちがよくて、もうどうしたらいいのかわからない。大きすぎる快楽に嫌々と首を振ると、ディランが首筋を吸ってきた。

「大きいのは嫌か……？」

「あくぅぅ……っ、う、あ、す、すき……っ、いっぱいに、されて、……あぁんん……っ！」

「それならよかった……、ほら、逃げるな」

「ああうぅっ」

快感の強さに、無意識に身体が逃げをうっていたのかもしれない。ディランが両手で佳那の腰を鷲掴みにして、ずぅん、と深く突き上げてきた。

「……っふあぁ――――……っ！　～～っ」

耐えきれずに達した肉洞の中をお構いなしに責められる。イった直後は少し手加減して欲しいのに、小刻みに動かされたり、どちゅどちゅと重く突き上げられたりするから、啜り泣きが泣き喚くような声になる。最奥の入り口を先端で優しく捏ねられて、全身が粟立った。

「あ、う、そこ、そこは……っ」

「可愛いカナ。俺をこの先に入れてくれ」

「やあ、奥、そんな、おくぅ……っ」

決して嫌なわけではなかったが、そこに這入られた時の凄まじい快感に怯えてしまう。けれど佳那はディランに甘えるようにむずかることしかできなかった。そして抗うことなどできるはずもない身体の奥の奥に、彼の先端がめり込んでいく。

「ぃう……ア、あ、～～～っ」

腹の奥をグジュッ…、と押し潰され、そこから熔けていくような快感が湧き上がった。ろくに声すら出せなくなり、汗に濡れた喉が反り返る。身体中の震えが止まらない。

「カナ…、お前の腹の中は蕩けそうだ……っ」

感極まった、といった感じのディランの声が降ってきた。褒められて嬉しい。そのままじゅぷ

じゅぷと腰を回され、快感で頭が真っ白になった。

「あ、ア、ひ……っ、いい……ぃっ」

「ここが気持ちいいのか？」

「き、きもち、いぃ……っ、あ、そんな、ぐりぐりされる、とっ……、くう、うう――～っ」

全身を包む快楽と多幸感に、身体が浮き上がりそうだった。足のつま先が快感に開ききって、ずっとぶるぶる震えている。佳那の媚肉はディランのものに絡みつき、嬉しそうに吸いついて締め付けていた。

「可愛い――、可愛いなカナは。もっと虐めたくなる」

「あ、虐めて――虐めて欲し…っ」

きっと、可愛がられるのも虐められるのも、同じようなものだ。こうしてベッドに縫い止められて、重たく甘い行為に泣かされる。

「お前を元の世界にも帰してやれない。諦めてくれ」

ディランは佳那の耳元で囁き、律動を速くした。中で出される予感に、はしたなく喘ぐ。

「あっ、あっ、……っんあぁあぁんん……っ」

体内の奥で出される熱い飛沫。それは佳那の内壁を濡らし、糧として受け止められた。愛しい雄蜂の生命の証しだ。

「ああ――ああ、あああぁ……っ」

最後の瞬間に固く抱き合い、深く口を合わせる。

戻ってこられた。彼の蜜花に。

佳那は熱い余韻に身悶えながら、その幸福に啜り泣いていた。


攫われた蜜花が復帰した。それも、『治療』を終えて。

それを聞いた高官達がディランの呼び出しにより血相を変えて馳《は》せ参じる。低頭したその顔色は、それとわかるほどに青ざめていた。

玉座に座るディランの側に控えた佳那は、ややはらはらとしながら事の推移を見守る。

「先日何者かに拉致された俺の蜜花だが、すでに治療は終えた。もうなんの心配もない」

「――あの治療を耐えられたというのですか。しかし……」

彼らにとっても、淫餡を用いての治療を耐えたという事実は無視しがたいことのようだった。

何しろほとんどの者は音を上げてしまうため、逆に耐えきった者は賞賛の目で見られる。彼らは佳那を貶《おとし》めようとして、逆にその価値を高めてしまったことになった。その困惑が手に取るように伝わってくる。また、佳那の拉致に関わった者は国外追放、その他も調査中だと告げられ、高官達の頭もより一層下がる。

「託宣とはいえ、俺はカナのことを愛している。もしまた無理やりにでも取り上げられたら、失意のあまり国を傾けてしまうやもしれんな」

冗談とは思えない言葉に、佳那は思わずディランを見やった。

「お戯れを……」

「戯れではない。真剣に言っている」

ディランは続けた。

「たとえ蜜花が穢れていようが、それで何か政《まつりごと》に不都合があるか。それなのにあんなにつらい治療を課すなど、俺はそもそもおかしいと思っていた。これを機に、そんな迷信は断ち切ろうと考えている」

蜜花は確かに雄蜂に力を与えるものだ。だがその力がなかったからといって、国に凶事をもたらしたりはしない。雄蜂と蜜花との間に確固たる絆があれば、そんなことはたいした問題ではない。ディランはそう言い切った。

佳那はやや肩透かしを食らった思いだったが、それでも、あの治療に耐えたことは無駄ではないだろう。自分の意思に反して穢されてしまった蜜花も、これからは減るのかもしれないと思えば。

佳那は一歩前に踏み出し、高官達を見て言った。

「私は、元の世界で命を失い、ここに来ました」

ディランは佳那を見つめた。一度口を閉じてから、佳那はまた話し出す。

「ここに来たのは、単なる偶然なのだと思っていました。けれど、ディラン様に――、王にお会いしてわかりました。彼に会うためだったのだと」

「カナ――」

「私は王の蜜花です」

次の瞬間、佳那はふわりとした感覚を覚えた。気がつくと、玉座に座る王の膝の上にいる。抱き寄せられたのだと知って、思わず赤面した。人の目があるところでは、やはり恥ずかしい。

「カナ。俺の蜜花」

「ディ――」

彼を呼ぶ声は、口づけによって塞がれてしまった。


窓の外の木の上で、佳那が助けた猫が寝そべっていた。

あとがき

こんにちは。西野《にしの》です。クロスノベルスさんでは二冊目となりました。いつもでしたら「○○（本のタイトル）」を読んでいただいてありがとうございました、となるのですが、現時点でまだタイトルが決まっていません。でも今日中には決めないと……。タイトルって難しいですね。決まる時はズバッと決まるんですが。あとタイトルが先行していたりという時もたまにあります。

ところで皆さん攻めフェラは好きですか？　私は攻めフェラ好きで好きで、攻めフェラに特化した話にしたいと思って今回の話を書きました。受けが舐められてヒイヒイ言っているのが好きなんです。攻めフェラと中出しが私の性癖です。プロットを出した時、「すごくいいですね！」と言って下さった担当さんに感謝です。なのにめちゃめちゃご迷惑をおかけする形になってしまって誠に申しわけございませんでした！　挿画をお引き受けくださった小山田《おやまだ》あみ先生も本当にありがとうございます。きっととても素敵な絵をいただいているに違いないのでとても楽しみにしております！

あと、作中に出てくる猫の姿をした神様は、以前飼っていたアビシニアンをモデルにしています。すごく溺愛していたので思い出すと今でも涙が出てしまうのですが、きっと別の世界で神様とかになっているでしょう。

今回はあとがき三頁書きなさいと担当さんがおっしゃったのですが、すでにもう書くことがありません。どうしましょうか。最近はコロナのあれで、旅行とかにもなかなか行きにくいですしね……。ああそうだ、ここのところ修羅場続きなので、フードデリバリーサービスをよく利用しています。めちゃめちゃ便利ですね！　私の住んでいる地域は現在三社のデリバリーサービスが利用可能で、交代で使っています。今日は、いつも行列になっていてなかなか入れない少し離れたカフェが登録されているのを知り、さっそく頼みました。家にいながらにして人気カフェのランチが食べられるのは、この状況下だからこそなのかもしれませんがラッキーなことです。

この情勢と原稿の波が落ち着いたら、以前から計画していた鉄道の旅をしてみたいなと思っています。原則として新幹線に乗らないで（状況に応じて急行や特急は乗っていいものとする）あちこちに行ってみたいです。

私は仙台《せんだい》住みなので、とりあえず東北から攻めてみますかね。あまり暑くない時に実行したいので、今年の秋くらいに行ければいいなー。
それでは、また次の本でもお会いしたいです。

西野　花《はな》

【Twitter】 hana_nishino

CROSS NOVELSをお買い上げいただき
ありがとうございます。
この本を読んだご意見・ご感想をお寄せください。

〒110-8625
東京都台東区東上野2-8-7　笠倉出版社
CROSS NOVELS 編集部
「西野 花先生」係／「小山田あみ先生」係

CROSS NOVELS

白蜜の契り ～蜜花転生～

著者
西野 花

2021年6月23日　初版発行　検印廃止

発行者　笠倉伸夫
発行所　株式会社　笠倉出版社
〒110-8625　東京都台東区東上野2-8-7　笠倉ビル
[営業]TEL　0120-984-164
FAX　03-4355-1109
[編集]TEL　03-4355-1103
FAX　03-5846-3493
http://www.kasakura.co.jp/
振替口座　00130-9-75686
印刷　株式会社　光邦
装丁　磯部亜希
ISBN　978-4-7730-6094-2
Printed in Japan